Bibliothèque Infernale.

RINALDO
RINALDINI

CHEF DE BRIGANDS

TRADUCTION NOUVELLE

PAR M. ROGER DE BLAMONT

I

PARIS

GUSTAVE SANDRE, ÉDITEUR

Commissionnaire pour les Cabinets de lecture

RUE PERCÉE-SAINT-ANDRÉ-DES-ARTS, N° 11

1846

RINALDO

RINALDINI.

Melun. — Imprimerie de DESRUES.

𝕭ibiothèque 𝕴nfernale.

RINALDO
RINALDINI

CHEF DE BRIGANDS

TRADUCTION NOUVELLE

PAR M. ROGER DE BLAMONT

I

PARIS

GUSTAVE SANDRÉ, ÉDITEUR

Commissionnaire pour les Cabinets de lecture

RUE PERCÉE-SAINT-ANDRÉ-DES-ARTS, N° 11

1846

LIVRE PREMIER.

I.

La tempête était déchaînée. Un vent furieux mugissait au loin, s'engouffrant avec
fracas dans les cavernes qui sillonnent les
flancs des Apennins, et détruisant les chênes
antiques dont la cime menaçait les nues. Un
grand feu était allumé au pied d'un rocher,
et près de ce feu étaient courbés Altaverdo et
Rinaldino. La nuit était profonde, d'épais
nuages voilaient la voûte du ciel.

— Quelle nuit! dit Altaverdo. --Je n'ai jamais vu un pareil orage... Rinaldo! dors-tu?

— Dormir! non! j'aime la tempête. Elle est si bien l'image de ce qui se passe dans mon âme.

— Tu te plaindras donc toujours!

— Ne suis-je pas un chef de bandits?

— Eh! parbleu! c'est là ce qui devrait te rendre fier. Commander à des hommes tels que ceux que tu as sous tes ordres...

— Et qui demain, peut-être, me livreront pour gagner la somme promise.

— Ah! s'écria Altaverdo, tu juges mal ceux qui t'ont juré serment de fidélité. Mais puisque tu es en train de faire de la philosophie, qu'importe qu'après notre mort, nous soyons la proie des corbeaux, des vers ou des poissons. Est-ce qu'un bandit ne peut pas mourir dans son lit aussi tranquillement qu'un pape?

— Tranquillement! qui peut se flatter de
mourir ainsi? D'ailleurs ce n'est pas seulement la douleur et la misère que j'ai à redouter. L'infamie n'est-elle pas mon partage?

— Il est bien temps de faire de pareilles
réflexions! Mais encore une fois de quoi te
plains-tu? que serais-tu, je te le demande,
si tu étais resté à Ostiala à garder les chèvres
de ton père.

— Au moins un honnête homme.

— Tu as fait des actions que t'envient les
plus grands seigneurs d'Italie. Tu as souvent
rendu la justice avec une équité... Tiens, depuis que tu es amoureux, il est impossible de
raisonner avec toi. Aussi, bonne nuit! Je
dors! Ne laisse pas éteindre le feu. Si tu as
besoin de moi, tu m'éveilleras.

Altaverdo s'endormit en effet, et Rinaldo
prenant sa guitare, chanta une romance qu'il

avait composée sur les événements de sa vie.

Il la commençait à peine, qu'un des chiens couchés près du foyer, se mit à aboyer. Altaverdo réveillé en sursaut, porta son sifflet à sa bouche. On répondit aussitôt à son signal, et bientôt un de leurs compagnons, nommé Nicolas, parut devant eux.

— Qu'y a-t-il de nouveau? demanda Altaverdo.

— Nous venons d'entendre dans le lointain des sonnettes de mulet. Ce sont sans doute des muletiers qui se sont égarés.

— Etes-vous tous dans le défilé?

— Excepté Jean - Baptiste et Pierre qui sont allés à la découverte avec leurs gens. Girolamo est parti avec eux.

—Altaverdo, dit Rinaldo, va les rejoindre, tu sais combien Girolamo est cruel. Tâchez d'épargner le sang.

Ils partirent. Rinaldo s'enveloppa de son manteau, et se jeta au pied d'un arbre où il chercha à s'endormir ; mais les chiens ayant aboyé de nouveau, il se leva, saisit ses pistolets, et vit ses dogues s'élancer avec fureur sur un vieillard, dont la barbe et les cheveux étaient plus blancs que la neige.

— Qui es-tu ? lui demanda Rinaldo.

— Je suis connu sous le nom du Vieux de la montagne Oriolo. Je viens de la ville voisine chercher mes provisions, et je retourne à mon ermitage. Je me suis égaré au milieu de la tempête.

— Mais en parcourant ainsi ces montagnes, ne crains-tu pas de rencontrer le fameux Rinaldo.

— Je le désirerais, au contraire, car je lui demanderais une carte de sûreté pour ma chaumière.

— Quoi! tu oserais!

Que puis-je redouter? J'ai peu d'années à vivre et pas d'argent chez moi! S'il brûlait ma chaumière, j'en bâtirais une autre, s'il tuait mes chèvres, les paysans du voisinage, j'en suis certain, m'en enverraient d'autres.

— Tu es pauvre?

— Qui se contente de peu est toujours riche.

— Prends cette bourse.

— Je n'accepte pas ce que je ne pourrais rendre. Adieu.

En parlant ainsi le vieil ermite s'éloigna. Rinaldo s'enveloppa de son manteau, se coucha à terre et s'endormit.

Quand il se réveilla il faisait grand jour, et la tempête était appaisée. Il trouva près de lui Cinthio, un de ses lieutenants, et deux de ses hommes, Paolo et Girolamo. Ils venaient lui rendre compte de l'expédition faite pendant la nuit.

— Les mulets, dit Girolamo sont tombés en notre pouvoir. Ils portaient le bagage d'un prince napolitain qui se rendait à Florence. Le butin n'a pas été grand.

— Y a-t-il eu des hommes tués, demande Rinaldo.

— Les trois conducteurs, répondit Girolamo. Les drôles auraient pu jaser, et d'ailleurs il y a assez de muletiers dans le monde. Altaverdo est en train de faire les partages. Il a trouvé dans un des coffres cette petite boîte qu'il vous envoie.

Rinaldo la prit, l'ouvrit et en tira un médaillon à double face; sur l'une était le portrait d'une jolie femme vêtue en religieuse, sur l'autre celui d'un jeune homme en uniforme.

Bientôt après Altaverdo arriva avec toute la troupe. On dresse les tentes, on pose les sentinelles, et on prépare un repas splendide. Quand Rinaldo eut vérifié et approuvé la liste des partages :

— Capitaine, lui dit Girolamo, nous sommes tous inquiets de votre tristesse et nous voudrions en savoir la cause. Si vous désirez quelque chose, nous sacrifierons notre vie pour vous le procurer; si ce ne sont que des chimères, nous vous supplions de les bannir.

— Eh! ne la connaissez-vous pas, s'écria Rinaldo. Les proclamations qu'ont faites les républiques de Lucques, de Venise et de Gênes...

— Votre tête est mise à prix, répondit Girolamo avec force, qu'importe! Qui donc serait assez hardi pour venir la chercher ici.

Puis tirant son sabre et l'agitant au-dessus de sa tête, il s'écria :

— Capitaine, nous jurons tous de vous défendre jusqu'à la mort.

— Oui! oui! disent tous les brigands en poussant de grands cris.

Rinaldo allait répondre, lorsque Fiorella, pauvre amazone qui suivait partout la bande, parut au milieu d'eux.

— Capitaine, lui dit-elle. ce n'est pas le danger que tu peux courir qui cause ta tristesse. Un homme comme toi ne s'inquiète pas de si peu. Je crois plutôt que cette mélancolie part du cœur.

— Qui peut te faire supposer...

— C'est qu'il y a six mois j'étais comme toi; mais cette fantaisie te passera comme à moi. Maintenant je n'y pense plus; suis mon

exemple. Folle que j'étais! je m'étais éprise
d'un bel amour pour toi.

— Pour moi!

— Ah! tu l'ignorais! c'est flatteur! oui,
j'espérais devenir ta compagne; mais quand
j'ai vu que je perdais mon temps à penser à
toi, je me suis guérie de cet amour en en ai-
mant un autre. Fais comme moi, et la gaieté
te reviendra.

Les paroles de Fiorella furent accueillies
par des bravos universels. On apporta du vin,
on remplit les coupes, et on but force rasades
à la santé du capitaine et de Fiorella. Quand
le repas fut achevé, Rinaldo rassembla sa
troupe et lui dit :

— Mon plan est de quitter les montagnes
d'Albuigo. Partons à l'instant. Ce soir vous
coucherez dans le vallon où est la chapelle de
San - Giacomo. Demain à midi vous vous

réunirez dans la plaine qui se trouve entre les quatre montagnes de la Céra. Si mon projet ne rencontre aucun obstacle, nous aurons, je l'espère, un bon coup à tenter.

Les brigands poussèrent des cris de joie et se préparèrent au départ. Girolamo se mit à la tête de l'avant-garde, Altaverdo prit le commandement du corps, et Cinthio fut chargé de conduire l'arrière-garde. Quant à Rinaldo il prit sa guitare et ses armes, et dirigea ses pas vers le chemin que la nuit précédente il avait vu prendre au vieil ermite de la montagne Oriolo.

Après avoir marché quelque temps, il aperçut à travers les arbres une petite chaumière située sur un monticule. Le vieillard en sortait quand il y arriva.

— Que me veux-tu? dit-il à Rinaldo.

— Je viens te demander un asile pour cette nuit.

— Si tu veux te contenter de ce que tu trouveras chez nous, tu peux me suivre.

Le vieillard fit entrer Rinaldo dans une chambre petite, mais bien tenue. L'ameublement se composait de deux tables et de quelques chaises. Sur une des tables était une bible et un crucifix, sur l'autre un ouvrage de broderie.

— Y aurait-il une femme ici, se dit Rinaldo, ou bien mon hôte s'occuperait-il...

Le vieillard s'apercevant des remarques de Rinaldo, enleva la broderie.

— Je ne suis donc pas le seul, dit celui-ci, auquel tu donnes l'hospitalité?

— Il n'y a que nous deux ici.

— Mais tu attends peut-être l'arrivée ou le retour d'une troisième personne.

— J'habite seul cette cabane. Mais je devine ce qui a pu faire naître en toi de pareilles suppositions. Cette broderie, n'est-ce pas ? Oui, en effet, elle appartient à quelqu'un qui vient me visiter souvent, et qui l'a oubliée ici ce matin. C'est une jeune fille qui demeure dans une ferme, hors des montagnes, à une lieue d'ici.

— La fille du fermier ?

— Non, mais il l'aime comme un père. Elle est si douce, si bonne et si jolie! Elle est ma seule consolation ici, dans cette solitude, depuis que j'ai quitté Rome, ma patrie, où j'ai été bien cruellement éprouvé... Mais j'ai pardonné à mes ennemis.

Le vieillard se tut et disposa sur la table les quelques provisions qu'il possédait, pendant que de son côté, Rinaldo tirait de ses poches, deux bouteilles d'excellent vin.

— Ce sera la meilleure part de notre souper, dit le vieillard en les voyant.

Ils allaient se mettre à table, lorsqu'ils entendirent à peu de distance des voix qui deve-
naient plus distinctes en se rapprochant, et
on frappa bientôt à la porte de la cabane.

— Qu'est-ce? demanda Rinaldo avec une
certaine inquiétude.

Le vieillard ouvrit la fenêtre et la referma
soudain, en disant à son hôte :

— Ils sont armés, ce sont des sbires, sans
doute, si tu crains leur rencontre, entre dans
la seconde chambre; tu pourras descendre
dans le jardin par la fenêtre, tu franchiras la
haie et bon voyage !

Rinaldo suivit ce conseil et entra dans la
chambre voisine, pendant que le vieillard ouvrait sa porte aux nouveaux venus.

Avant d'escalader la fenêtre, Rinaldo jeta

les yeux autour de lui et aperçut, accrochés contre la muraille, deux grands portraits. Il s'en approcha pour les examiner et recula de surprise. Ces portraits étaient semblables à ceux du médaillon que ses gens lui avaient remis le matin; ils représentaient aussi la religieuse et l'officier.

Il fut arraché à cet examen par un grand bruit qui se fit dans la pièce voisine. Il s'approcha aussitôt de la porte pour écouter.

Lorsque le vieillard eut ouvert, six hommes armés se précipitèrent dans la chambre, et l'un d'eux lui dit :

— Il nous faut de l'argent.

— Prenez cette bourse.

— Au diable la monnaie de cuivre, répondit le voleur, après avoir examiné ce que la bourse contenait.

— C'est tout ce que je possède.

— J'en doute! car voilà du vin et les apprêts d'un souper qui prouvent que tu n'es pas aussi à plaindre que tu veux le faire croire. De l'argent; te dis-je!

— Sur mon âme, s'écria le vieillard, je n'ai plus rien; je suis l'honnête Donato; connu dans tout ce canton, chacun sait que je suis pauvre.

— Mensonge! amis, assommons ce vieux coquin! Il avouera peut-être...

Déjà ils s'étaient rués sur lui et ils allaient lui faire un mauvais parti, lorsqu'une voix formidable leur cria :

— Que faites-vous ici?

Ils se retournèrent, et frappés d'épouvante en voyant devant eux Rinaldo, le pistolet au poing, ils murmuraient tout bas :

— Le capitaine!

— Que faites-vous ici, répéta Rinaldo. Vous

vous taisez !... Misérables !... Ah ! c'est ainsi que vous abusez de mon nom ! C'est ainsi que vous déshonorez le vôtre !.... Venir voler au pauvre le peu qui lui reste !... Parlez, quel est celui qui le premier a porté la main sur ce vieillard ?

Personne ne dit mot.

— Parlerez-vous ? reprit-il avec force. Nommez-le, ou je brûle la cervelle au premier qui se trouvera devant la gueule de mon pistolet.

— C'est Paolo, murmura l'un d'eux.

Rinaldo fit feu sur lui et lui fracassa l'épaule.

— Maintenant, ajouta-t-il, rejoignez vos compagnons. Vous connaissez vos lois, vous savez ce que vous avez mérité. Emportez ce misérable. Demain je déciderai de votre sort.

Les brigands sortirent en emportant Paolo.

Cette scène avait vivement impressionné Donato qui était tombé anéanti sur une chaise. Rinaldo lui prodigua ses soins ; il passa la nuit au chevet de son lit, et ne le quitta que lorsque le jour parut, en lui annonçant prochainement une nouvelle visite.

Il n'était qu'à quelques pas de la cabane, lorsqu'il rencontra une jeune fille qu'il avait vue déjà quelques jours auparavant, et dont le souvenir ne l'avait pas quitté.

— Enfin ! je vous retrouve, lui dit-il, béni soit le ciel qui m'a jeté sur vos pas. Parlez ! de grâce? Quel est votre nom ! Comment pourrai-je vous revoir? car depuis notre dernière rencontre j'ai bien souffert..

— Pardon ! seigneur étranger, répondit la jeune fille avec embarras. Mais on m'attend près d'ici, et...

— Qu'entends-je! seriez-vous par hasard

cet ange de bonté qui vient souvent visiter le vieux Donato dans sa solitude?

— Vous connaissez Donato?

— Je le quitte à l'instant, et il attend avec impatience sa chère...

— Aurélia. Oui, je suis en retard ce matin. Aussi je vais...

— Vous ne trouverez pas votre ami aussi gai que d'habitude.

— Serait-il malade?

— Une légère indisposition qui n'aura pas de suite, je l'espère.

— Oh! je cours le dire à mon père. Le pauvre Donato est si vieux et si faible! il a besoin de tant de soins !

— Nous le soignerons ensemble. Oui, permettez-moi de venir à l'ermitage quand vous y serez. Que je puisse vous voir, vous entendre! Je suis si heureux quand je me trouve avec vous, Aurélia.

Il lui prit la main, et la pauvre fille la lui abandonna en rougissant. Il couvrit cette main de baisers, et le charme du tête-à-tête les eût peut-être entraînés bien loin, lorsque tout-à-coup une voix se fit entendre derrière eux : c'était Cinthio :

— Capitaine! dit-il à Rinaldo, ta présence est nécessaire parmi nous. La blessure que tu as faite à Paolo a mis toute la troupe en révolte.

A l'arrivée du lieutenant la jeune fille avait disparu.

— Que le diable t'emporte, s'écria Rinaldo, en n'apercevant plus Aurélia.

Et tout soucieux, il reprit le chemin de son camp.

En arrivant, il trouva tous ses hommes réunis, et lorsqu'il parut, plusieurs d'entre eux lui dirent d'un ton un peu hautain :

— Vous arrivez à propos, capitaine. Nous voulons apprendre...

— Apprenez d'abord à vous taire, interrompit Rinaldo, en roulant autour de lui des regards terribles.

Personne n'osa lui répondre, et après un instant de silence :

— Girolamo, reprit-il : lis à haute voix les articles cinq et six de nos lois.

Ces articles condamnaient à la peine de mort quiconque désobéissait aux ordres du capitaine. Quand la lecture fut achevée, Rinaldo raconta la scène de l'ermitage, et ajouta en désignant Paolo :

— Maintenant, je vous fais tous juge de cet homme.

— Grâce! grâce pour Paolo ! s'écrièrent les brigands.

Rinaldo fut sourd à leurs prières. Girolamo parla en faveur du coupable. Rinaldo garda le silence. Enfin Fiorella prit la parole :

— Capitaine ! lui dit-elle, au nom de l'amour malheureux que j'avais conçu pour toi, je te demande la grâce de Paolo. Il est mon amant. C'est lui, ajouta-t-elle en souriant, qui m'a guéri de ma folle passion pour toi.

— Nos lois sont inexorables, répondit Rinaldo.

— Eh bien ! nous t'accordons désormais le droit de punir et de pardonner mais que cette fois...

— Est-ce votre avis à tous ?

— Oui ! tous nous le voulons, s'écrièrent les brigands.

— Eh bien ! je pardonne à Paolo et à ses complices, mais je vous préviens qu'à l'avenir je serai impitoyable. De plus, j'ordonne aux coupables de se rendre sur l'heure à l'ermitage et de porter au vieux Donato d'amples provisions.

Cet arrêt fut accueilli par des bravos una-nimes.

Rinaldo, sans perdre de temps, écrivit quelques ordres, les cacheta, et ayant réuni les hommes de sa bande qu'il jugeait les plus braves et les plus sûrs.

— Maintenant, leur dit-il, songeons aux affaires. Girolamo, tu vas partir pour Borgo. Là, tu ouvriras cet ordre, et suivant les circonstances tu décideras si tu dois ou non aller à Arezzo. N'oublie pas que la mission dont je te charge exige la plus grande prudence. Toi, Fiorella, tu vas te rendre à Bibienna et tu t'informeras adroitement de ce qu'on dit de nous. Nicolo et Sébastiano iront à Dosina par la forêt. Altaverdo, pars avec six hommes et tâche d'attirer l'attention des individus que

Brancolino envoie contre nous ; tu trouveras dans cet ordre toutes les précautions que tu dois prendre. Cinthio avec douze hommes passera par la vallée des Peupliers, près d'Oriolo et se rendra au défilé de Feloca. Quant à Alsetto, il restera ici jusqu'à nouvel ordre avec trente hommes. Les corps détachés camperont le plus sûrement possible et attendront mes ordres.

Après avoir ainsi donné ses instructions, Rinaldo retourna à l'ermitage.

Aurélia en était déjà partie. Il s'informa de de la santé du vieillard.

— Je me trouve mieux, répondit Donato, j'espère être promptement rétabli.

— Dieu soit loué !

— Mais quel hasard te ramène ! viens-tu me faire tes adieux ? je le désire ! non pas que je sois ingrat, tu m'as rendu un service que je n'oublierai de ma vie. Mais si jamais on savait que je reçois la visite du terrible Rinaldo.

— Tu serais déshonoré, n'est-ce pas? eh bien! juge de mon audace, je viens te parler d'Aurélia.

— Aurélia! tu la connais?

— Je l'aime!

— Malheureux! s'écria le vieillard hors de lui, oses-tu espérer que jamais cette jeune fille, si pure, si belle, puisse aimer...

— Un chef de brigrands! non, mais je puis renoncer à cet infâme métier, dès-lors à quoi bon lui avouer...

— Moi, la tromper, jamais!

— Je lui dirai quels sont mes projets.

— Tu ne la reverras plus! par mon ordre elle s'est retirée dans un cloître...

— Oh! je saurai bien l'en arracher!

— L'enlever ! s'écria Donato, en bondissant sur lui-même, l'enlever pour la mener partout avec toi au milieu de ta bande ! Veux-tu donc que la justice qui t'atteindra tôt ou tard, la punisse comme complice de tes crimes ? Veux-tu donc qu'elle monte avec toi sur l'échafaud ?

Et brisé par cet effort, le vieillard retomba haletant sur son siége. Rinaldo avait baissé la tête, et des larmes roulaient dans ses yeux.

— Oui ! tu as raison, dit-il après un long silence. C'était une folie, pardonne ! je vais partir, mais avant de m'éloigner, encore une question. Quelles sont les personnes dont j'ai vu les portraits dans la chambre voisine ?

— Ce sont des amis qui me sont bien chers. Cet homme dont tu as vu le portrait, je l'attends en ce moment. Il se rend à Florence; ses bagages ont été pillés dans les montagnes, sans doute par tes gens, mais il a pu se sauver et il s'est refugié chez le fermier de la plaine.

— Puisque c'est ton ami, lui répondit Rinaldo en lui remettant le médaillon qui contenait les deux portraits, rends-lui ceci dont il regrette sans doute la perte.

Le vieillard l'eut à peine aperçu qu'il le porta vivement à ses lèvres.

— Merci ! s'écria-t-il, oh ! merci !

Au même instant un jeune paysan entra en criant : le voici ! et presque aussitôt parut un homme jeune encore, revêtu d'un uniforme et portant sur la poitrine la croix de Malte. Il était accompagné du fermier de la plaine.

Après avoir embrassé Donato, il aperçut Rinaldo qui s'était tenu un peu à l'écart, et sa physionomie exprima dès-lors une certaine surprise.

— Tu connais cet homme? lui demanda Donato.

— Ce n'est pas la première fois que nous nous rencontrons, répondit l'étranger en s'adressant à Rinaldo.

— C'est possible! répliqua celui-ci, si vous me disiez votre nom, je saurais peut-être...

— Je suis le prince Della Rocella.

— Et comme moi, ami de Donato.

— Comme toi! répondit le vieillard. Au fait! tu as dit vrai, si tu persévères dans la résolution que tu viens de prendre. Oublie Aurélia, renonce à tes projets et je te donne mon amitié, et je te réponds de celle du prince.

— Aurélia! s'écria celui-ci, comment se trouve-t-elle mêlée à tout cela?

— Je te l'expliquerai, répondit Donato.

— Mais, au moins, ajouta le prince en s'adressant à Rinaldo, ne puis-je à mon tour savoir votre nom? si je ne me trompe pas, c'est à Florence que je vous ai rencontré, il y six mois, vous vous nommiez alors marquis de Pépoli.

— Aujourd'hui, répondit Rinaldo, j'ai repris mon véritable nom, je suis Rinaldo Rinaldini.

A cette déclaration inattendue, le prince recula d'un pas, et le fermier faillit tomber à la renverse. Quant à Rinaldo, il s'éloigna.

Comme il approchait de son camp, il rencontra son lieutenant Cinthio qui lui annonça qu'une caravane venait de faire une halte dans le vallon des Peupliers, et que sans doute il y aurait un beau coup à tènter.

Sans perdre de temps, notre héros se déguisa. Il se teignit le visage, se mit de la barbe, des moustaches, de façon à se rendre méconnaissable; il se revêtit ensuite d'un habit de chasseur, ordonna à un de ses hommes, nommé Cévéra, de se déguiser comme lui, et, armés chacun d'un fusil à deux coups, d'un couteau de chasse et d'une paire de pistolets qu'ils cachèrent avec soin, ils partirent.

Ils virent en effet dans la vallée une tente dans laquelle se trouvaient deux dames accompagnées de leur écuyer, et tout autour, des hommes qui faisaient paître les mulets ou préparaient leur repas.

Quand l'écuyer les deux chasseurs vit s'approcher il vint à leur rencontre.

— Quelles sont ces dames, lui demanda Rinaldo.

—C'est la marquise d'Altanano et sa sœur qui se rendent à Florence. Mais vous-même, puis-je savoir.

— Je suis garde de cette forêt, je fais ma ronde et je viens vous donner un bon conseil.

En l'entendant parler ainsi, les dames sortirent de la tente et s'approchèrent.

— Veillez et gardez vous bien, leur dit-il, car la place que vous avez choisie n'est pas sans danger. La bande de Rinaldo est, dit-on, dans ces parages.

— O ciel! s'écria la marquise avec effroi.

—Rassurez-vous, madame, lui dit l'écuyer, nous sommes en force.

— Les hommes de Rinaldo sont de vrais diables! et par prudence...

Comment se fait-il, reprit la marquise, que la police n'ait pas encore arrêté ce misérable.

— C'est qu'on le craint, repondit Rinaldo. Sa tête est mise à prix. Les villes de Lucques,

Gênes, Venise et Florence en offrent chacune mille ducats, et personne n'a encore osé tenter de les gagner. Moi, je le cherche, et si jamais je le tiens au bout de mon fusil...

— On dit que c'est un lâche, ajouta l'écuyer, qu'il ne se bat jamais, qu'il laisse faire son monde et qu'il ne paraît qu'au moment du partage.

— Vous croyez !

— J'en suis certain.

— C'est possible. Du reste on raconte de lui des tours très-plaisants.

— Contez-nous-en donc un, monsieur le garde, s'écria la marquise.

— Avec plaisir, répondit Rinaldo. Supposons qu'au lieu d'être un garde, je sois Rinaldini lui-même. Votre écuyer est près de vous, vos gens vous entourent; tout cela ne l'arrête pas. Il vous tend la main gauche, de la droite

il met un pistolet sur la poitrine de monsieur
l'écuyer, et il vous dit avec politesse : Mesdames , donnez-moi vos bagues, vos montres et
cent ducats.

Tout en parlant, Rinaldo avait joint le geste
à la parole, et avait exécuté le tour ainsi qu'il
le racontait. Les dames étaient fort effrayées.

— Pas de mauvaises plaisanteries, monsieur le garde, s'il vous plaît, dit l'écuyer en
tremblant de tous ses membres.

— Je ne plaisante jamais.

— Comment, vous seriez...

— Rinaldo, lui-même ! Vous avez voulu
connaître un tour de sa façon, en voici un. Allons! allons ! exécutez-vous de bonne grâce,
mesdames, ou malheur à vous. En échange,
je vous donnerai très-volontiers une carte de
sûreté avec laquelle vous pourrez vous rendre
sans danger à Florence.

Il fallut bien en passer par là. Les dames épouvantées se dépouillèrent de leurs montres, de leurs bijoux, pendant que l'écuyer demeurait immobile à sa place, plus mort que vif.

— Maintenant, mesdames, leur dit-il : au plaisir de vous revoir. Si l'on vous demande des nouvelles de Rinaldini, vous pourrez dire qu'il se porte à merveille.

Puis il s'éloigna et personne n'osa le suivre.

Le lendemain au point du jour, la troupe fut réveillée par de nombreux coups de fusil, et bientôt les avant-postes accoururent en criant : nous sommes cernés. Ce fut une confusion générale; on courut aux armes, et chacun, l'œil fixé sur le capitaine, attendit ce qu'il allait décider.

— Nous sommes ici trop peu nombreux,

dit-il après un instant de réflexion. Tâchons de nous soutenir jusqu'à l'arrivée de nos compagnons. Sonnez du cor pour donner l'alarme.

Bientôt on répondit au signal, et Altaverdo parut avec l'avant-garde.

— Nous sommes entourés, capitaine, s'écria-t-il. Des troupes réglées et des milices sont sur nos pas. Nos camarades Néro et Rispéro sont tombés en leur pouvoir.

— Mille tonnerres! cria Rinaldo. Oh! nous les sauverons, ou, par tous les diables...

On entendit encore le son du cor, et presque aussitôt Alsetti vint les joindre avec son corps. Quand Rinaldo vit toute sa troupe réunie, il donna le signal du départ. Son intention était de faire une trouée, et de gagner les Etats Romains, dont la frontière était à peu de distance.

Comme ils sortaient du bois, ils rencontrèrent un piquet de milice qu'ils culbutèrent en un instant. Ce piquet était soutenu par un détachement de cinquante à soixante hommes qui fut aussi taillé en pièces. Il ne restait plus que le gros des milices.

— Camarades, s'écria Rinaldo, ceci est d'un heureux présage. Du courage! A trois cents pas d'ici, de l'autre côté du vallon, sont les frontières des Etats de l'Eglise. Là, nous sommes sauvés. N'oublions pas que si nous sommes pris, c'est l'échafaud qui nous attend. Mourons plutôt les armes à la main.

Puis il partit comme un trait et se précipita sur l'ennemi, suivi de toute sa bande.

Les milices attaquées avec fureur, lâchent pied d'abord, mais l'officier qui les commandait les rallie bientôt, et les ramena aux brigands qu'elles attaquèrent à leur tour. Le combat devint terrible. Alsetti et trois des siens tombèrent au premier choc. Altaverdo, Sévéro et Cinthio se battaient comme des lions. Rinaldo se portant partout où il voyait un danger pour les siens, faisait des prodiges de valeur. Le carnage fut horrible. Si les milices furent maltraitées, les brigands firent aussi de grandes pertes. Sévéro et douze de ses hommes, furent séparés de leurs compagnons et massacrés. Enfin Rinaldo voyant que tout était perdu, fit des efforts inouïs et gagna la frontière, mais seul, personne n'avait pu le suivre. Il s'enfonça dans le plus épais de la forêt, et, épuisé de fatigue, il tomba sans connaissance au pied d'un arbre.

Quand il revint à lui, le jour était très-avancé. Il se sentit dévoré d'une soif brûlante. Il s'arma de courage et chercha une source qu'il trouva heureusement. Après s'être désaltéré, il se remit en marche et rencontra un paysan qui portait des provisions à la ville voisine. Il lui en acheta quelques-unes, tout en le questionnant. Cet homme lui parla du combat qui avait eu lieu le matin, entre les brigands et les milices de Toscane. Il lui dit que le fameux Rinaldo avait été tué, que toute sa bande était détruite, et grâce à Dieu, la contrée en était enfin débarrassée.

Après le départ du paysan, notre héros commença par appaiser sa faim, puis il s'avança de plus en plus dans la forêt. Après plus d'une heure de marche, il rencontra une bande de Bohémiens qui faillirent lui faire un mauvais parti; mais il leur parla avec tant d'autorité et de résolution, qu'il les força au silence. Le chef de ces Bohémiens le prenant pour un brigand, pour un des hommes de Rinaldo, peut-être, notre héros le menaça de lui brûler la cervelle s'il répétait un pareil propos, puis il se donna pour le garde de la forêt et lui demanda ses papiers. Le chef des Bohémiens se trouva très-embarrassé; il se tira d'affaire en donnant à Rinaldo des torches dont celui-ci pouvait avoir besoin la nuit dans les bois, et en lui cédant une jeune fille charmante, nommée Rosalie, qui, du reste, ne demanda pas mieux que de le suivre. Puis les Bohémiens s'éloignèrent.

Rinaldo et sa compagne passèrent la nuit à la belle étoile. Rosalie remercia son nouveau maître; elle lui avoua que toujours elle avait eu horreur de la vie de Bohémienne, et que bien souvent elle avait eu envie de fuir, mais que, ne sachant où se réfugier, elle avait été forcée de subir son sort. Alors, Rinaldo lui avoua qui il était. La pauvre enfant eut d'a-

bord bien peur; mais elle se rassura promptc-
ment; et bien plus, fière du rôle qu'elle allait
jouer désormais, elle l'accepta avec orgueil.
Depuis longtemps Rinaldo, poursuivi par les
remords, avait songé à quitter cette existence de brigandage. Mais pouvait-il quitter
sa troupe, ces hommes qui avaient mis tout
leur espoir en lui? Le combat qui venait
d'avoir lieu l'avait rendu libre.

— Non, dit-il à Rosalie, tu ne me quitteras plus. On me croit mort. Un des miens,
nommé Sévéro, qui me ressemblait et que
j'ai vu tomber à mes côtés, a été pris pour
moi. Tant mieux! Nous allons chercher un
abri dans lequel nous puissions passer quelques jours pour laisser aux soldats qui nous
poursuivent, le temps de s'éloigner. Ensuite
nous irons dans les montagnes déterrer des
trésors que j'ai enfouis dans des endroits sûrs.

Puis nous partirons, et nous irons loin de l'Italie, vivre tranquilles et heureux.

Ils attendirent le jour et se mirent en route. Après plusieurs heures de marche, ils arrivèrent dans une clairière, où se trouvait un vieux château qui tombait en ruine.

—Voilà notre gîte tout trouvé, dit Rinaldo.

Il fit le tour du château, et quoiqu'il remarquât sur le sol quelques pas d'hommes, tout était silencieux et désert. Il se décida à y entrer, et Rosalie le suivit, non sans éprouver une certaine émotion.

Ils pénétrèrent d'abord dans une vaste cour qu'ils traversèrent, puis ils gravirent les marches du large escalier qui les conduisit dans une grande salle. Là, ils firent une halte et écoutèrent. Rien! Partout la solitude

et le silence! ils avancèrent et entrèrent dans
une chambre assez spacieuse, au fond de laquelle se trouvait deux portes fermées avec
des barres de fer. Rinaldo s'en approcha,
écouta et n'entendant rien, il frappa à ces
portes. L'écho seul lui répondit. Il ôta la
barre qui fermait une de ces portes, elle
s'ouvrit et il ne vit qu'une chambre déserte
et sans issue. L'autre porte fut ouverte de
même, et la chambre qu'elle fermait était
aussi vide et aussi déserte que la première.
Il aperçut alors dans un des angles de la salle
une ouverture basse et étroite qui formait
l'entrée d'un corridor obscur; il s'y aventura,
et après avoir fait quelques pas, il sentit sous
ses pas comme une plaque de fer qui rendait
le sol inégal. C'était une trappe qu'il leva aussitôt, et sous laquelle il vit les premières
marches d'un escalier tournant qui descen-

dait dans les entrailles de la terre. Sans réfléchir au danger qu'il pouvait courir, il al-
luma les torches qu'il avait achetées aux Bohémiens, il demanda à Rosalie si elle voulait
le suivre, et, quoiqu'elle ne fût pas encore
très-aguerrie, elle y consentit. Alors, sans hésiter, tous deux descendirent.

Longtemps, longtemps ils tournèrent en
suivant cette spirale qui n'en finissait pas;
enfin ils trouvèrent une voûte sous laquelle
ils s'engagèrent, et à l'extrémité de laquelle
se présenta un second escalier qu'il leur fallut
monter. Cet escalier moins long que l'autre,
les conduisit à une seconde trappe qu'ils sou-
levèrent facilement, et ils se virent dans une
petite cour tout autour de laquelle régnaient
des bâtiments. Une porte ouverte s'offrit à
eux, ils entrèrent et virent en face d'eux une

autre porte fermée. Rinaldo l'ouvrit et la referma soudain en reculant avec horreur. Il avait aperçu dans cette chambre deux cadavres nus et sanglants!

— C'est un repaire d'assassins, s'écria-t-il en entraînant Rosalie. Viens! viens! fuyons!

Ils reprirent le chemin par lequel ils étaient venus, et ils furent assez heureux pour sortir sans obstacle de ce château maudit; mais ils n'avaient pas fait cent pas qu'un coup de feu se fit entendre, et Rinaldo entendit une balle siffler à ses oreilles; il se retourne et voit debout, devant lui, un homme qui lui cria :

— Rends-toi ou tu es mort! Je suis Batistello!

— Et moi, Rinaldo Rinaldini! tous deux chefs de brigands! Parbleu! il y a assez longtemps que je te cherche.

En parlant de la sorte il se précipita sur
lui, et après un instant de lutte, il lui passa
son sabre au travers du corps. Puis il le
fouilla, lui prit ses armes et un sac que le
brigand portait sur le dos. Il trouva dans ce
sac une bague de grand prix, une chaîne d'or,
deux cents ducats et un costume d'ermite,
avec un faux nez, une barbe et des moustaches.

Après cet exploit, nos deux voyageurs s'é-
loignèrent au plus vite; ils marchèrent pendant plus d'une heure sans reprendre haleine,
et ne s'arrêtèrent qu'à l'entrée d'une caverne
dans laquelle ils purent se reposer enfin, et
où ils résolurent de passer la nuit.

LIVRE SECOND.

II.

Rinaldo et Rosalie se mirent en marche au
point du jour. Après avoir erré pendant quelque temps dans la forêt, ils se trouvèrent
tout-à-coup sur une grande route; ils se
disposaient à s'en éloigner au plus vite, car
elle n'était pas sans danger pour eux, lors-

qu'ils virent venir à eux un paysan qui, dès qu'il les aperçut, se mit à courir à leur rencontre.

Rinaldo, reconnaissant Cinthio, son brave lieutenant, se précipita dans ses bras. Il apprit alors qu'Altaverdo et Stéfano avaient pu s'échapper et que tous trois ils avaient rejoint le corps de Mathéo ; que dans une affaire avec un corps de milices, ils avaient encore perdu dix hommes, mais qu'enfin ils avaient pu gagner cette forêt.

Rinaldo se fit aussitôt conduire auprès de ses compagnons qui l'accueillirent avec des transports de joie. Le capitaine leur raconta alors son combat avec Batistello; il leur fit la description du vieux château et leur proposa d'aller en prendre possession.

Une heure après ils y étaient installés ; mais vers le soir les sentinelles ayant donné l'alarme. on vit tout à coup paraître dix hommes de la bande de Batistello qui revenaient au château, où ils avaient établi leur résidence, et voulurent déloger ceux qui s'en étaient émparés. On en vint aux mains. Parmi les nouveaux venus, six restèrent sur la place, les autres mirent bas les armes et demandèrent à entrer dans la troupe de Rinaldo. Le capitaine y consentit ; ils lui prêtèrent serment de fidélité et furent reçus.

Après deux jours de repos dans ce château, Rinaldo annonça à ses hommes qu'il allait se rendre à Florence pour savoir ce qu'on y disait de lui et de sa bande. Il résigna le commandement entre les mains d'Altaverdo qui aurait en son absence Mathéo et Cinthio pour lieutenants. Il se changea le visage à tel point qu'il était impossible de le reconnaître, il revêtit le costume d'un élégant cavalier ;

et monté sur un beau cheval, il partit suivi de Rosalie, habillée en homme et aussi à cheval.

Il se dirigea vers les montagnes Oriolo afin de faire une dernière visite au vieux Donato. Les dernières paroles du vieillard quand il l'avait quitté, l'offre qu'il lui avait faite de son amitié, s'il renonçait à Aurélia, tout cela l'avait touché jusqu'au fond du cœur. Il le trouva assis à la porte de sa cabane, et, après s'être fait connaître à lui, il lui annonça qu'il venait lui faire ses adieux.

— J'abandonne l'Italie, lui dit-il, je vais chercher sur une terre meilleure un sort plus heureux.

— Oui ! tu as raison, répondit Donato avec amertume. L'Italie, est une contrée maudite. Pars, pars ! et que le ciel bénisse la résolution que tu as prise.

— Merci ! mais avant de m'éloigner, sans doute pour toujours, je t'en supplie, dis moi la vérité au sujet d'Aurélia. Qu'est-elle devenue ?

— Encore !

— Oh ! rassure-toi, je t'ai fait une promesse, et jamais Rinaldo n'a été parjure.

— Écoute, lui répondit gravement Donato, je vais te dire qui je suis et qui nous sommes, c'est un secret que je te confie. Par cet aveu tu verras si j'ai des droits sur elle. L'homme que tu as vu ici l'autre jour, le prince Della Rocella est le père d'Aurélia ; cette femme dont j'ai le portrait en costume de religieuse est sa mère, ma sœur à moi. Après la naissance de sa fille, comme elle ne pouvait pas épouser son amant, puisqu'il est chevalier de Malte, elle se retira dans un cloître, abandonnant l'enfant à son père. Quant à moi, peu de temps après j'étais banni de Rome pour avoir voulu m'opposer aux usurpations du despotisme. Tu vois que si dans ce bas-monde chacun doit avoir sa part de malheur, pour moi on a comblé la mesure. Mais qu'au moins Aurélia soit heureuse !

— Oh ! je saurai tenir le serment que je t'ai fait ! Mais veux-tu que je mette mon bras au service de ta vengeance.

— Je cherche à oublier jusqu'aux noms de mes ennemis et je laisse au ciel le soin de me venger.

— Je t'admire, répondit Rinaldo, j'admire ton courage, et plus encore je te remercie. Durant le cours de ma misérable carrière, je n'ai pas jusqu'ici rencontré un honnête homme qui m'ait tendu la main , même pour me plaindre , sachant qui j'étais. Merci à toi qui m'a offert ton amitié. Si la fatalité ne s'acharne pas toujours à ma perte, je m'en montrerai digne, crois-le bien.

Ils se quittèrent, et Rinaldo alla visiter les différentes cachettes dans lesquelles il avait enfoui ses richesses. Il les trouva intactes, et chargé de ces trésors, il partit.

Malheureusement pour lui, la nécessité dans laquelle il se trouvait de voyager dans les bois la nuit, le mettait dans l'impossibilité d'exécuter la résolution qu'il avait prise, et quoiqu'il fût assez bien déguisé pour ne pas être reconnu par ceux qui n'auraient jamais lu que son signalement, il n'était pas assez méconnaissable cependant pour que les hommes qu'il avait commandés pussent s'y tromper. Or, ils n'avaient pas tous succombé dans le combat contre les Toscans, ainsi qu'on le lui avait dit, et il ne tarda pas à en rencontrer. Ce fut d'abord Amadio qui s'offrit à lui sous les traits d'un vieux capucin. Il l'envoya rejoindre sa bande. Plus loin ce fut Nicolo et Sébastiano ; il les renvoya de même, et alors il résolut de gagner les villes. Pour cela il acheta une voiture et quatre mules, car la charge de ses trésors retardait sa marche, et il se mit à voyager sous le nom de comte d'Albrogo.

A Césina, pendant que son attelage se reposait, il vit beaucoup de monde assemblé sur une place. Il s'approcha du groupe et fut tout surpris de voir un chanteur qui nazillait une complainte montrer un grand tableau sur lequel étaient grossièrement peints les hauts faits de Rinaldo Rinaldini, et entre autres sa mort dans le fameux combat contre les Toscans. Quand il eut fini, le chanteur fit la quête et notre héros s'empressa de jeter dans son chapeau quelques pièces de monnaie ; après quoi s'adressant à un de ses voisins :

— Il est donc certain, lui dit-il, que cet infâme Rinaldo est mort ?

— Très-certain, lui répondit notre homme, j'ai fait le voyage de Pienza exprès.

— Comment ?

— Pour voir sa tête qu'on a exposée pendant trois jours au bout d'une pique devant l'Hôtel-de-Ville.

Satisfait de cette explication, Rinaldo s'éloigna.

Un instant après, comme il regagnait son hôtellerie, il se trouva face-à-face avec le le prince Della Rocella. Au lieu de fuir, il alla droit à lui.

— Je suis en votre pouvoir, lui dit-il.

— Ciel ! vous n'êtes pas mort ! s'écria le prince.

— Pas encore, quoiqu'on chante mon trépas dans toutes les rues. Mais vous m'avez rencontré et dans un instant peut-être...

— Ah! me prenez-vous donc pour un sbire. D'ailleurs, Donato, qui m'a tout conté, ne vous a-t-il pas offert son amitié.

— Merci! merci, oh! je m'en montrerai digne!

— Mais comment osez-vous vous montrer ainsi, seul dans les rues d'une ville...

— Seul! non pas, répondit Rinaldo qui n'était pas encore bien assuré des dispositions du prince, tous mes gens sont ici déguisés, et si on voulait mettre la main sur moi, il en coûterait cher.

— Que comptez-vous donc faire?

— Je vais à Venise, pour de là passer dans le Tyrol. Je quitte le métier.

— Dieu soit loué!

— Avant de nous séparer, prince, encore

un mot : Aurélia, votre fille est-elle heureuse ?

— Je l'espère ! mariée à un homme jeune,
riche, bien né, elle a tout ce qui fait le bonheur.

— Merci de cette assurance, et maintenant
adieu, priez pour moi !

— Bon courage !

En quittant le prince, soit qu'il craignît
quelque indiscrétion de sa part, soit que cette
rencontre eût fait naître d'autres projets dans
son esprit, Rinaldo partit non pas pour Venise, mais pour les Apennins. Il vendit ses
mules et sa voiture, et enfouit de nouveau ses
trésors.

Après deux jours de marche, comme il arrivait le soir au milieu d'un bois dans l'intention d'y passer la nuit, il y trouva une cabane

vide, et dans cette cabane une table sur laquelle était un papier. Ce papier disait :

« Qui que tu sois, toi qui viendras après
« moi habiter cet ermitage, je te souhaite le
« bonheur dont j'y ai joui. »

— Parbleu ! s'écria Rinaldo après avoir lu
ces lignes, je veux en essayer.

Il trouva dans un coin une robe d'hermite,
il s'en revêtit et résolut de se reposer là quelque temps.

Le lendemain, comme il revenait d'une
longue promenade, il entendit tout-à-coup un
grand bruit dans l'ermitage. Il y court aussitôt et vit deux hommes de mauvaise mine qui
menaçaient Rosalie et voulaient la maltraiter.

Prompt comme l'éclair, il s'élance, et saisissant un de ces hommes par le milieu du
corps il l'envoya rouler dans un coin de la
chambre ; puis mettant un pistolet sur la poi-

trine de l'autre, et menaçant avec un autre
pistolet celui qui était à terre de le tuer s'il
bougeait.

— Bas les armes! s'écria-t-il, où vous êtes
morts.

— Respect à nous, répondit l'un d'eux,
nous sommes de la bande de Rinaldo Rinaldini.

— Vous en avez menti, leur dit notre héros avec force, Rinaldo Rinaldini ne voudrait
pas avoir sous ses ordres de tels misérables.
Vous ne le connaissez même pas; car il est
devant vous. C'est moi!

Les brigands tombèrent à genoux et demandèrent grâce, en disant que Cinthio les avait
reçus dans la troupe, depuis deux jours seulement.

Au même instant, Cinthio parut. Dès qu'il

eut reconnu son capitaine, il se jeta dans ses bras, puis apercevant les deux brigands :

— Que faites-vous ici, leur demanda-t-il avec colère.

— Ils ont voulu me désobéir, répondit Rinaldo, sans respect pour une carte de sûreté que Rosalie leur montrait.

— Mille bombes! s'écria Cinthio, ohé! camarades! entrez, voici deux traîtres qui ont méprisé la signature du capitaine. Qu'on les attache à un arbre et qu'on les fusille sur-le-champ.

Les brigands entrèrent dans l'ermitage ; ils s'emparèrent des deux coupables, et l'ordre de Cinthio fut immédiatement exécuté.

Voilà donc Rinaldo de nouveau chef de brigands, et forcé par cette rencontre d'ajourner ses beaux projets de retraite. Dès qu'on sut qu'il avait repassé dans les montagnes, sa bande s'accrut promptement, et il alla établir son camp au sommet d'une montagne, dans une position inexpugnable. Il dispersa ensuite ses hommes dans les bois, leur donna ses instructions et attendit les événements.

Un matin qu'avec sa lunette il examinait les pays environnants, il aperçut un château de riche apparence, qu'il lui prit fantaisie de visiter. Comme il se disposait à partir après s'être déguisé avec soin, il vit venir à lui Nicolo qui l'aborda en poussant des cris de joie.

—Capitaine, dit-il, nous avons la nuit dernière enlevé un convoi qui se rendait au riche couvent de Mangolo. Mais ce qu'il y a de plus plaisant, c'est que nous avons forcé le vénérable Père, qui l'accompagnait, de nous donner l'absolution.

Rinaldo rit beaucoup de cette aventure et

résolut, en se rendant au château, de passer auprès du couvent, pour savoir ce qu'on en disait. Il se mit donc en marche et aperçut, en s'approchant de cette maison de Dieu, un moine assis devant la porte. En le voyant, le moine parut très-effrayé.

— Qu'avez-vous donc, mon Père? lui demanda Rinaldo.

— Je tremble pour vous, répondit le moine. Comment osez-vous voyager ainsi seul?

— Qu'ai-je à craindre?

— Vous ne savez donc pas que ces bois sont infestés de voleurs.

— Vous croyez !

— Hélas! nous ne le savons que trop. La nuit dernière ils nous ont enlevé un convoi de vin, et ces coquins n'ont-ils pas forcé le père Bernard, qui l'accompagnait, de leur donner l'absolution.

—Oh! c'est fort mal!

— Comment! fort mal! mais c'est atroce ! Oh! mais nous avons porté plainte et alors...

— Vous avez eu tort.

—Tort!

— Sans doute! Il 'valait mieux vous entendre avec eux, leur proposer de payer un droit au moyen duquel vous serez désormais à l'abri de leurs poursuites.

—Vous avez raison, surtout, si Rinaldo Rinaldini est leur chef.

— Oh! ce n'est guère probable, puisqu'il a été tué dans un combat avec les Toscans, près de Ciséno.

— En êtes-vous bien sûr ?

— J'ai vu sa tête exposée sur une place à Pienza.

— Dieu soit loué!

— Néanmoins je vous engage à réfléchir au

conseil que je vous donnais tout-à-l'heure.

— Oui. Il peut être bon.

— Puisque tel est votre avis, veuillez donc pour m'en récompenser, me dire à qui appartient ce magnifique château que l'on aperçoit d'ici.

— Il appartenait jadis à la famille d'Altieri, et aujourd'hui il est habité par un baron de Rovezzo, qui l'a acheté depuis peu.

— Et l'habite-t-il seul ?

— Non. Il y a la baronne, sa femme, d'abord, puis quelques amis. Mais à mon tour, puis-je savoir avec qui j'ai l'honneur d'avoir cet entretien?

— Je suis le comte d'Albrogo, répondit Rinaldo.

— Le comte d'Albrogo! répéta le moine, en cherchant à rappeler ses souvenirs. Je connais cela...

— Famille du Tyrol !

— C'est juste! je savais bien que je connaissais.

— Allons! au revoir, mon père!

— Adieu, monsieur le comte!

— N'oubliez pas mon conseil.

— J'y penserai.

Rinaldo prit le chemin du château.

Et longeant le mur du parc, il trouva une grille latérale ouverte. Il entra, et à quelques pas plus loin, il aperçut une femme assise dans un bosquet. En la voyant il ne put retenir un cri de surprise, elle se retourna et voulut s'éloigner.

— Aurélia! s'écria-t-il.

Elle le reconnut à la voix et accourut à lui.

— Vous! vous ici, lui dit-elle. Le ciel m'envoie donc enfin un ami!

— Quel cri de douleur! répondit Rinaldo

en comprimant l'élan de sa joie. Etes vous
donc malheureuse? Et le ciel ne m'envoie-t-
il vers vous que pour vous porter secours?

— Vous êtes l'ami de mon père et de Donato, n'est-ce pas? Ils m'ont parlé de vous.
Je leur ai demandé qui vous étiez, et ils ont
refusé de me l'apprendre, ils m'ont dit seulement que votre nom était célèbre et re-
douté.

— Je suis en ce moment le comte d'Albrogo.

— Que m'importe! pourvu que vous me
sauviez!

— Parlez! parlez de grâce! Je le vois! un
affreux malheur pèse ici sur vous, mais
je saurai vous y soustraire, je vous le jure.
Dernièrement encore, j'ai rencontré le prince,

votre père, à Céséna, il a dû vous l'apprendre.

— Je suis ici sans nouvelles de lui, il m'est impossible de lui écrire.

— Comment ?

—Ecoutez! et vous verrez s'il est au monde une femme plus malheureuse!

Ils prirent place sur un banc dans le bosquet, et Aurélia continua.

— J'habite ce château avec le baron de Rovezzo, mon époux. Mais hélas! nous ne l'habitons pas seuls. Figurez-vous que cet homme s'est entouré d'une demi-douzaine de débauchés et d'autant de femmes, créatures infâmes, avec lesquels il passe tout son temps dans l'orgie.

— Horreur!

— Et je suis forcée d'assister à leurs débauches. Et si je pleure on rit de mes larmes, et si je me plains, on me menace.

— Oh! malheur ! malheur à lui.

— Je n'ai même pas la faculté de vivre enfermée dans ma chambre. J'ai demandé à genoux une prison dans laquelle je serais du moins à l'abri du contact de ces misérables. Non, il semble que le baron veuille faire consister sa gloire à me torturer. Non, voyez-vous! je ne pourrai jamais vous dire tout ce que j'ai souffert depuis que je suis ici, depuis que mon pauvre père m'a amenée dans ce château où il a cru me laisser si heureuse.

— Oh! vous serez vengée. Eh quoi! tant de jeunesse, de beauté, de noblesse n'ont pu trouver grâce auprès des vils instincts de ce misérable! Mais je n'y puis croire encore, et si je n'entendais ces aveux de votre bouche, je dirais que c'est impossible. Quand tant d'au-

tres seraient si heureux de vous appartenir,
quand il en est qui vous aiment...

— Monsieur le comte...

— Oui, vous avez raison, ce n'est pas dans
un pareil moment que je dois vous parler
d'un amour qui ne me laisse, hélas ! aucun
espoir. Mais je suis si heureux de vous avoir
retrouvée, et je suis d'avance si fier de pouvoir bientôt vous délivrer.

— Vous, hélas ! vous est-il possible de me
venir en aide...

— Vous le verrez ; mais dites-moi : n'avez-
vous donc jamais songé à vous soustraire par
la fuite à cet horrible sort ?

— J'y songeais. Et sans les espions dont je
suis entourée, je me serais réfugiée près de
ma mère.

— Votre mère ! où est-elle ?

— A Montamare, au couvent de Sainte-Claire, dont elle est l'abbesse.

— Eh bien?...

Ils furent interrompus par l'arrivée du baron qui parut tout-à-coup en face d'eux, à l'extrémité d'une allée. Il était accompagné de trois de ses amis : un Sicilien et deux Français qui se donnaient des noms et des airs de grands seigneurs, mais qu'on aurait pris plutôt pour des forçats échappés du bagne.

Rinaldo voyant qu'il ne pouvait pas les éviter, alla à leur rencontre.

— Monsieur le baron, dit-il au mari d'Aurélia : le prince Della Rocella, mon ami, sachant que je venais dans ce pays, m'a chargé de vous saluer de sa part et de vous annoncer prochainement sa visite.

— Qui êtes-vous, monsieur? demande le

baron en jetant sur sa femme un regard iro-
nique.

— Je me nomme comte d'Albrogo.

— Et en qualité d'ami du prince, vous
êtes aussi sans doute l'ami de la fille.

— Monsieur! s'écria Rinaldo qui commençait à sentir la colère s'éveiller en lui.

— Pourquoi donc, madame, continua le
baron, n'avoir pas reçu monsieur dans
votre appartement? Elle est si mal élevée!
continua-t-il en s'adressant à Rinaldo. Et vous
dites donc, monsieur, que mon beau-père
doit avant peu me rendre visite. J'en suis
fâché pour lui, mais je pars demain pour un
long voyage.

—Monsieur le baron, répondit Rinaldo
surpris du peu de déférence que le mari d'Aurélia, montrait pour son beau-père, je m'é-
tonne que vous songiez à quitter le château

quand vous apprenez que le prince doit y venir. En vérité, vous feriez croire que sa présence vous fait peur, et que vous craignez qu'il ne s'aperçoive des mauvais traitements que sa fille est condamnée à endurer ici.

— Venez-vous donc comme un chevalier errant prendre sa défense?

— Peut-être, répondit Rinaldo avec un geste menaçant.

— Ah ça, dit le baron en riant : je crois qu'on me menace. Parbleu! mes laquais me vengeront de cet outrage.

— Misérable! s'écrie Rinaldo en portant la main à la poignée de son sabre.

Aurélia effrayée, se jeta entre eux, et le baron la repoussant rudement, lui dit en colère :

— Arrière, madame, ne prenez pas tant

d'intérêt à ma personne, votre amant n'est pas si méchant qu'il en a l'air.

— Baron, s'écria Rinaldo hors de lui, cette action et ces paroles feront ici verser du sang.

— Sors à l'instant, répondit le baron, ou j'ordonne à mes gens de te jeter à la porte.

— Soit, je m'éloigne. Mais à bientôt, baron de Rovezzo! et malheur à toi.

Il partit, et le baron et ses amis lui crièrent :

— Bon voyage, M. Don Quichotte.

Jamais on ne vit de colère pareille à celle de Rinaldo lorsqu'il fut de retour au camp. Il réunit à l'instant ses officiers, leur donna ses ordres, et le soir même, cinquante hommes déterminés cernèrent le château du baron.

Lorsque Altaverdo et Cinthio qui accompagnaient leur chef, eurent pris les dispositions nécessaires pour rendre inutile toute tentative d'évasion, Rinaldo sonna à la porte du château. Un valet vint ouvrir, on se jeta sur lui, et on le mena à Altaverdo qui eut ordre de le garder.

Deux hommes pénétrèrent, le pistolet au poing, dans la chambre où se tenaient les domestiques, en leur disant qu'au moindre cri, au moindre mouvement ils étaient morts; et pendant ce temps, Rinaldo se dirigeait vers les appartements.

Il aperçut entr'ouverte la porte de la salle à manger dans laquelle le baron était à table avec ses amis, ses maîtresses et la pauvre Aurélia, que l'on forçait d'assister à ces orgies, et qui dans ce moment même, était en butte à d'atroces plaisanteries.

— Que pensez-vous de ce comte d'Albrogo?

disait le baron à ses amis. Il faut convenir
que c'est un drôle bien amusant.

— Je trouve qu'il a parfaitement raison,
répondit un des Français. Il faudrait que
madame fût bien cruelle pour ne pas lui savoir gré d'un si brave dévouement. Il y
compte sans doute.

— Je suis fâché de l'avoir laissé partir.

— Au fait, répliqua un des convives, s'il
fût resté, nous en eussions fait un eunuque ;
de cette façon, vous auriez pu sans danger
le donner pour gardien à votre femme.

— Voilà une excellente idée, dit le baron
en riant aux éclats. Si jamais il revient.......

— Le voici, s'écria Rinaldo en entrant.
Vous voyez que je suis exact aux rendez-
vous que je donne.

A cette apparition subite, chacun demeura
immobile et même une certaine inquiétude se

manifesta sur les visages. Cependant le baron se remit promptement.

— Parbleu ! monsieur le comte, dit-il, soyez le bien-venu ! Rien ne pouvait m'être plus agréable que votre visite.

Puis s'adressant à un valet.

— Fais venir mes gens, et qu'on serve monsieur le comte suivant son mérite.

Le valet voulut sortir, Rinaldo, d'un coup de poing, l'envoya rouler au milieu de la chambre; puis, comme tout le monde s'était levé, il tira un pistolet de sa ceinture et s'écria :

— Le premier de vous qui fait un pas est mort. Je suis Rinaldo Rinaldini.

Il appela à son aide, et douze hommes entrèrent dans la salle.

Tous les convives étaient réstés comme

frappés de la foudre. Aurélia avait poussé un cri et s'était évanouie. Deux brigands l'emportèrent pour lui prodiguer des soins.

— Ah! vous avez cru, continua Rinaldo, que je laisserais impunies et l'insulte que vous m'avez faite, et votre infâme conduite vis-à-vis de cette pauvre femme. L'heure de l'expiation est venue.

Et s'adressant à ses hommes en leur désignant le baron :

— Emparez-vous de ce misérable, dépouillez-le de la tête aux pieds, et que depuis les épaules jusqu'au bas des reins, on n'aperçoive plus un morceau de sa peau. Que tous ses nobles amis, soient fouettés de même; quant à celui-ci, qui voulait faire de moi un eunuque, qu'il subisse la peine du talion. Je n'ai pas besoin de vous dire que je vous abandonne ces filles et le château, faites-en ce que bon vous semblera.

Ni prières, ni larmes, ni supplications, rien ne put attendrir les brigands qui exécutaient sans pitié les ordres du capitaine.

Quant à lui, il s'était rendu auprès d'Aurélia dont l'évanouissement avait cessé. Pleine de confiance en lui, malgré l'effroi que lui causait son nom, elle le supplia de la conduire près de sa mère, au couvent de Sainte-Claire. Il obéit sur-le-champ. Elle prit place dans une voiture; le capitaine sauta à cheval, et on se mit en marche.

Quand ils furent arrivés à la porte du couvent, Rinaldo sonna, et avant que cette fatale porte se refermât sur Aurélia :

— Vivez! vivez plus heureuse que moi, lui dit-il. Je vous aime! mais mon amour serait

pour vous un malheur !... Adieu , Aurélia ,
adieu... peut-être pour toujours!

Puis il piqua des deux et reprit le chemin
du camp, où il arriva au point du jour, au
moment où ses compagnons y rentraient ,
chargés du butin qu'ils avaient fait au château
du baron.

Quelques jours après , il apprit que cette
aventure avait fait grand bruit , et que l'on
faisait partout de grands préparatifs pour marcher contre lui ; il apprit en outre que deux de
ses hommes avaient été arrêtés à Saint-Léon, et
jetés en prison. Il fit aussitôt ses préparatifs
de départ, et trois jours après il arriva dans
les montagnes d'Albano, où il divisa ainsi sa
troupe.

Sébastiano dut prendre seize hommes déterminés, et les faire partir sous des dégui-
ments pour se joindre dans les campagnes de

Cagli, aux environs de Montamare. Altaverdo reçut l'ordre de délivrer à tout prix les deux brigands, prisonniers à Saint-Léon. Cinthio fut chargé du commandement de la troupe pendant l'absence du capitaine, qui partit avec Alfonso et Nicolo. Rosalie dut rester avec Cinthio, et vit s'éloigner son cher maître, les larmes aux yeux.

Rinaldo s'arrêta à Tassombrona, il descendit dans la meilleure auberge, et resta là deux jours pour donner le temps à sa bande d'exécuter les mouvements qu'il avait ordonnés.

Le lendemain de son arrivée, le hasard le conduisit dans un cabaret où se trouvaient plusieurs personnes dont la conversation l'intéressa vivement. Il se plaça à une table près de celle où se tenaient ces honnêtes bourgeois, et écouta.

Cette affaire prend une mauvaise tournure, disait l'un. La baronne a été entendue deux fois, et il est certain maintenant qu'elle avait vu deux fois le prétendu comte d'Albrogo, mais qu'elle ignorait alors qu'il fût le fameux Rinaldini ; elle ne l'a su que lorsqu'il s'est fait connaître pendant cette nuit terrible.

— Il faut convenir, reprit un autre, que ces voleurs sont de singuliers drôles, fouetter jusqu'au sang monsieur le baron, et faire eunuque un de ses amis. Ce pauvre eunuque, il vit encore, mais on doute qu'il en revienne.

— Quant à moi, dit un troisième, je tiens le prince Della Rocella, pour un homme d'honneur.

— Il n'en est pas moins gardé à vue à Urbino.

— C'est possible ! mais quand encore il

connaîtrait ce Rinaldo, voyons ! qui de vous oserait faire arrêter cet homme, alors même qu'il le pourrait.

— Ce n'est pas moi.

— Ni moi !

— Ni moi !

Dès que Rinaldo fut certain que Sébastiano était à Montamare, il lui dépêcha un de ses compagnons pour lui donner l'ordre de retourner au château de Rovezzo, d'enlever le baron à tout prix et de le livrer à Cinthio, qui en ferait prompte et bonne justice; puis, déguisé en pélerin, il parti pour Urbino.

Là, il apprit que le prince Della Rocella n'avait plus de garde, mais avait été obligé de donner une forte caution. Il courut aussitôt chez lui.

A sa vue, le prince poussa un cri de surprise.

— Vous! lui dit-il. Vous! ici!

— Vous êtes étonné de me voir, répondit Rinaldo. Mais puisque c'est à moi que vous devez le cruel embarras dans lequel vous êtes, ne deviez-vous pas penser que tôt ou tard je viendrais vous offrir mes services.

— C'est juste! pardon! j'aurais dû me rappeler qu'au milieu des désordres de votre vie, il vous était resté une sorte de générosité chevaleresque. Mais pourquoi vous exposer ainsi inutilement? Je dirai plus : pourquoi venir ici par votre présence aggraver encore ma position?

— Je venais pour vous sauver, prince! Je voulais ou vous procurer les moyens de fuir, ou me livrer à la justice, afin de faire connaître la vérité.

— Fuir! s'écria le prince; mais ce serait

m'avouer coupable ! Quant à rester près de moi, c'est inutile. Mon oncle, le cardinal, s'est chargé de cette affaire, et j'espère voir bientôt cesser les poursuites.

Rinaldo renouvela ses offres, mais le prince fut inébranlable. Ils se quittèrent, et Rinaldo retourna dans les environs de Montamare où il trouva Nicolo qui lui remit une lettre de Sébastiano.

Cette lettre lui apprenait que le baron était parti brusquement pour Rome, et qu'on n'avait pu s'emparer de lui; qu'Altaverdo avait été arrêté à Saint-Léon, et jeté en prison avec trois des siens, et qu'enfin Cinthio s'était battu de nouveau avec les Toscans et avait été mis en fuite.

Rinaldo dépêcha sur l'heure Alfonso à Cinthio, avec ordre de tout faire pour délivrer Altaverdo. Il écrivit à Rosalie d'aller demander un asile à Donato ; il envoya à Rome Néro et

Nicolo, pour épier les démarches du baron, et, toujours vêtu en pélerin, il se dirigea vers le couvent de Sainte-Claire, où était enfermée Aurélia.

LIVRE TROISIÈME.

III.

En arrivant au couvent de Sainte-Claire, Rinaldo demanda à parler à l'abbesse, mais la sœur tourière lui répondit qu'elle était en confidence avec les commissaires venus d'Urbino pour l'affaire du baron de Rovezzo, et que jusqu'à ce que l'instruction fût terminée, l'entrée du couvent était interdite aux étrangers.

Dans le premier moment, Rinaldo voulut escalader les murs du cloître et pénétrer par force ou par ruse jusqu'à la cellule d'Aurélia. Mais il était seul, et il dut renoncer à ce projet dont le succès était impossible. Il errait donc autour des murs du cloître ne sachant quel parti prendre, lorsqu'il rencontra Cinthio déguisé aussi en pélerin.

La vue de son lieutenant, seul, voyageant au milieu des bois, lui causa une émotion extraordinaire.

— Que s'est-il donc passé — lui dit-il. — Comment te retrouvé-je ici, seul?

— Nous avons été battus et dispersés, — lui répondit Cinthio. — Cernés de toutes parts nous nous sommes défendus en désespérés. J'ai perdu beaucoup de monde. Il ne s'est

peut-être pas échappé une douzaine des nôtres.

— Et Rosalie?

— J'ignore ce qu'elle est devenue. Après
la bataille, elle a disparu ; Altaverdo est
toujours dans les prisons de Saint-Léon, et il
peut se préparer à la mort, car à présent nous
ne le sauverons pas.

— Malheur ! malheur ! — s'écria Rinaldo.
— Quel parti prendre?

—Un seul capitaine ! Ici nous n'avons plus
d'espoir de nous maintenir. Partons pour la Calabre, nous y lèverons une nouvelle bande, et là
nous serons en sûreté; si pourtant nous en étions
chassés, alors nous gagnerions la Sicile. Allons! capitaine! Ne te laisse pas abattre ! Re-
prends ton sceptre! Que ton nom jette encore
l'effroi dans le pays et apprenne aux gens de

justice qu'on ne vient pas à bout si facilement du célèbre Rinaldo Rinaldini.

— Oui, tu as raison! Si nous ne pouvons
pas sauver nos frères, vengeons-les du moins.
Pars pour Rome; moi, je reste encore ici
quelque temps. Si je rencontre quelques-uns
de nos camarades, je te les enverrai, et je ne
tarderai pas à te rejoindre dans la Calabre.

Cinthio partit et Rinaldo se dirigea vers
Corinaldo. Le hasard lui ayant fait rencontrer trois de ses compagnons, il les envoya à
Cinthio. L'un d'eux lui apprit une nouvelle
qui lui causa une grande joie, c'est que
Rosalie s'était échappée; mais où la retrouver?

Comme il entrait dans la ville, il vit la rue
dans laquelle il passait remplie d'une foule
immense. Il s'informa de la cause d'une si
grande rumeur, et apprit qu'une femme al-

lait ètre battue de verges. Sans faire plus d'attention à cette aventure, il se dirigeait tranquillement vers l'auberge des Pélerins, mais, la foule augmentant toujours, il fut obligé de s'arrêter et se trouva sur la place même où devait se faire l'exécution.

Malgré lui il jette les yeux sur la victime et reconnaît Fiorella, la danseuse, l'amazone de sa bande. Celle-ci l'apperçoit à son tour, et elle étend les bras vers lui en poussant un cri involontaire :

— Rinaldo! Rinaldo! dit-elle.

A ce cri mille autres cris répondent. Tout est en confusion sur cette place; on va, on vient, on court, on se presse. Les sbires percent la foule, et, abandonnant Fiorella, se précipitent du côté où ils supposent qu'est Rinaldo. Celui-ci se voit perdu, mais sa présence d'esprit ne l'abandonne pas. Il saisit par

7

le bras un grand garçon qui se trouvait à ses
côtés, et le menant droit aux sbires :

— Le voilà ! leur dit-il. Le voilà ! Arrê-
tez-le !

Les sbires l'entourent, la foule se presse
autour de lui en poussant des cris de joie, et
Rinaldo s'échappe au plus vite.

Au milieu de tout ce vacarme, le pauvre
diable ainsi arrêté ne peut pas se faire entendre. Enfin on l'examine, et on reconnaît
en lui un garçon boucher connu de toute la
ville.

Les sbires furieux se répandent dans la
ville et cherchent partout le fameux chef de
brigands qui vient de leur échapper ; puis,
quand ils voient que toutes leurs recherches
sont inutiles, ils songent alors à l'exécution
qu'ils ont abandonnée. Ils reviennent sur la
place, mais au milieu de la bagarre, Fiorella

avait disparu de son côté. Ce fut une mysti-
fication complète.

Pendant qu'on le cherchait partout, Rinaldo était entré dans une église. Il avait jeté
derrière un confessionnal sa robe de pélerin,
sous laquelle il portait un costume de paysan.
Il se couvrit la tête d'une perruque rousse à
mèches plates, sur laquelle il plaça un bonnet
de laine, et sortit de la ville sans être inquiété.

Il passa la nuit au milieu des champs, dans
une maison isolée habitée par une famille
juive, qui lui vendit un vêtement complet de
cavalier, et au point du jour il partit après
avoir largement payé l'hospitalité qu'il avait
reçue. Pour plus de sûreté, il évita Ancône;
il se rendit à Poggia, où il fit emplette d'un
cheval, puis il se hâta de quitter les états de
l'église. Il ne fit que traverser Teranco, la

première ville du royaume de Naples. A Aquila il prit un valet, nommé Antonio, jeune garçon fort éveillé, et il se rendit à Naples sous le nom de comte de Mandochini.

En arrivant dans cette capitale, la reine de la Méditerrannée, il loua un appartement dans le quartier le plus brillant. Il vécut d'abord assez retiré ; puis, s'ennuyant de sa solitude, il se mit à fréquenter les cafés et les spectacles. Souvent il faisait lui-même le sujet des conversations ; il y prenait part et parlait de lui avec un sang-froid imperturbable.

Parmi ceux qu'il rencontrait le plus souvent, se trouvait un homme d'un caractère étrange. Il portait toujours un uniforme, se disait Corse et n'était connu que sous le nom de capitaine. Cette homme ne prononçait jamais une parole; il était toujours seul. Si on le saluait, il ne répondait que par une inclinaison de tête, et, sans cesse préoccupé, il semblait étranger à tout ce qui se passait autour de lui. Personne ne savait qui il était.

Rinaldo, fort intrigué, voulut avoir enfin le mot de cette étrange énigme.

— Monsieur, lui dit-il, depuis quelque temps j'habite Naples, je vous rencontre partout et je cherche vainement la cause des allures extraordinaires que je remarque en vous. Je me suis dit souvent qu'un grand chagrin devait peser sur votre vie.

— Je pourrais, monsieur, répliqua le capitaine, vous répondre que vous êtes bien curieux, mais j'aime mieux vous rassurer; je n'ai jamais eu de chagrin.

— De l'ennui peut-être.

— Encore moins!

— Comment donc expliquer cette solitude

qui semble tant vous plaire, cette tristesse qui ne vous abandonne jamais.

— D'abord je ne suis pas triste. Quant à la solitude dont vous parlez, si elle est une sorte de passion pour moi, c'est qu'à mon avis l'homme peut toujours se suffire à lui-même et être heureux quand il le veut.

— Voilà une philosophie commode. Cependant, permettez-moi de vous faire observer que chaque homme se fait une idée différente du bonheur.

— Et c'est pour cela que vous ne comprenez pas la mienne, je le conçois; dans ce bas monde, rarement un homme en comprend un autre. Voilà pourquoi, à mon avis, les meilleures relations sont celles que l'on peut former avec les esprits.

Rinaldo regarda ce mystérieux personnage pour s'assurer qu'il ne se moquait pas de lui.

— Connaissez-vous par hasard, lui dit-il en souriant, les intelligences célestes?

— Aussi bien que je vous connais vous-même, répondit le capitaine corse avec le plus grand sang-froid.

Rinaldo fut un instant interdit, mais il répliqua soudain :

— Vous me connaissez ! Parbleu, voilà qui est plaisant! Et qui suis-je donc?

— Vous êtes le fameux chef de brigands Rinaldo Rinaldini.

En parlant ainsi, il se leva et sortit, sans que notre héros, que cet aveu avait attéré, songeât à le suivre.

— Il me connaît, se dit-il, lorsqu'il eût repris un peu de calme; mon sort est entre ses mains. Oh ! il faut qu'il garde mon secret où qu'il meure.

Pendant plusieurs jours il parcourut toutes

les promenades , tous les lieux publics pour
retrouver ce damné capitaine corse. Peine
inutile ! cet homme était devenu invisible. Au
bout d'un mois, il n'était pas plus avancé que
le premier jour, lorsqu'un soir qu'il était seul
dans sa chambre, réfléchissant encore à cette
singulière rencontre, il vit entrer une jeune
fille qui lui remit une lettre. Cette lettre était
ainsi conçue :

« Une personne, dont vous avez fixé l'at-
« tention, et qui s'intéresse à vous, désire
« vous voir. S'il ne vous est pas indifférent de
« la connaître , celle qui vous porte ce billet
« vous conduira près d'elle.

Rinaldo accabla de questions la jolie mes-
sagère, et n'en put tirer que ces mots :

— Venez demain à la première messe à
San-Lorenzo , et là on se fera connaître à
vous.

A peine la jeune fille s'était-elle éloignée,
que la porte s'ouvrit de nouveau, et un
homme masqué et enveloppé dans un long
manteau, entra.

— Rinaldo, dit-il, tu n'iras pas demain à
San-Lorenzo, voir la dame qui t'y a donné
rendez-vous.

— Pourquoi cette défense? répliqua fièrement Rinaldo.

— Parce que cette démarche n'est pas sans
danger pour toi.

— Qui es-tu donc, toi qui viens ici me
donner de tels conseils et m'avouer que tu
connais mes secrets.

L'inconnu ôta son masque.

— Le capitaine corse! s'écria Rinaldo.

— Jusqu'ici, continua le capitaine, je t'ai
prouvé par mon silence que tu n'avais rien
à craindre de moi. Je ne suis ni un dénon-

ciateur, ni un sbire; mais, je te le répète,
ne vas pas demain à San-Lorenzo.

A ces mots il s'éloigna.

Rinaldo passa la nuit dans la plus vive agi-
tation. Quel parti prendre? Devait-il exposer
sa vie peut-être pour une femme qu'il ne connaissait pas? mais d'un autre côté, n'y avait-
il pas de la lâcheté à obéir à cette défense du
Corse? Il se décida cependant, et contre son
habitude, il fut prudent. Il n'alla pas à San-
Lorenzo.

Vers le soir la jeune fille revint.

— Vous nous avez manqué de parole, lui
dit-elle, c'est-mal! Ma maîtresse est furieuse.
Cependant elle est toute disposée à vous pardonner, si vous faites amende honorable.
Voici un second billet que je suis chargée de
vous remettre.

Rinaldo le prit et lut:

« J'ose sollicitér de vous une faveur que
« vous ne pouvez me refuser. Je vous attends.
« Venez! Pour la dernière fois, venez! Je
« vous en conjure!

« AURÉLIA. »

— Si, j'irai! s'écria Rinaldo, après la lecture. Va! va! Dis à ta maîtresse que demain
elle me verra, dussé-je pour arriver jusqu'à
elle, braver toutes les puissances de l'enfer.

— Point de serment que tu ne puisses tenir, lui répondit une voix mâle.

Il se retourne et vit debout, devant lui, le capitaine corse. Quand à la jeune fille, elle avait
disparu.

— Le serment que je viens de faire, je le
tiendrai, répliqua Rinaldo avec force. Nulle
puissance humaine ne m'en empêchera.

— Calme-toi, lui dit le vieux Corse. Le
conseil que je te donne m'est dicté par l'in-

térêt que tu m'inspires. Ici, tu ne com-
mandes plus, et la justice a des yeux de lynx.

— Quels dangers puis-je donc courir ?

— Des dangers que tu ne peux pas pré-
voir et que j'ai devinés.

— Toujours grâce à ton pouvoir merveilleux, répondit Rinaldo en haussant les épaules.
Mais donne-m'en donc une preuve.

— Soit ! Suis-moi dans les ruines de
Portici.

— A quoi bon aller si loin ? cette preuve,
donne-la moi ici même, dans cette chambre.

— Quoi ! tu as peur ! Le terrible Rinaldo
n'ose pas m'accompagner. Allons ! brise ton
épée et prends une quenouille. Va, près de
cette femme, je te permets de la voir. Tu apprendras bientôt à nous connaître tous les
deux. Adieu.

Le lendemain, Rinaldo fut exact au rendez-vous. La jeune fille ne tarda pas à paraître, et lui fit signe de la suivre. Elle sortit de la ville, s'arrêta près du mur d'un jardin, au milieu duquel s'élevait une maison de riche apparence. Ce fut là qu'elle introduisit notre héros. Il traversa d'abord un salon somptueusement meublé, puis une chambre dont toutes les jalousies étaient fermées; il pénétra enfin dans une espèce de boudoir dans lequel régnait une obscurité profonde. Alors, la jeune fille le quitta en lui disant qu'il trouverait dans ce boudoir la dame qu'il cherchait.

Après s'être peu à peu habitué à l'obscurité, Rinaldo finit par apercevoir comme une silhouette mollement assise sur un sopha. Il courut à elle et se jetant à ses pieds.

— Aurélia, lui dit-il, est-ce bien vous que je retrouve! par quel bienfait du ciel m'êtes-

vous donc rendue? Moi, qui n'espérais plus
vous revoir, moi, qui chaque jour cherchais
à triompher d'un amour sans espoir, je vois
aujourd'hui mes vœux les plus chers exaucés.
Parlez! un mot! un mot, de grâce! Un mot
qui me prouve que tout cela n'est point un
rêve.

L'inconnue se leva en silence et voulut s'é-
loigner. Rinaldo la retint.

— Vous voulez me fuir, lui dit-il. Mais
au nom du ciel, expliquez-moi...

—Je n'ai rien à vous dire, répondit-elle enfin.

— Grand Dieu! s'écria Rinaldo, vous
n'êtes donc pas Aurélia Rovezzo.

— Aurélia Rovezzo! Je ne connais pas cette
femme. Pardonnez-moi, monsieur le comte,
un instant de folie. Eloignez-vous, de grâce,
et oubliez cette fatale entrevue.

Rinaldo vit bien qu'il était le jouet d'une

méprise ; mais il n'était pas assez sot pour se
retirer avant d'avoir tout fait pour profiter
d'une semblable rencontre.

— Vous n'êtes pas Aurélia Róvezzo, répondit-il. Oh! pardon! pardon! excusez-moi,
j'étais fou. Cette Aurélia, dont je vous parle,
est aujourd'hui enfermée dans un cloître.
J'aurais dû m'en souvenir et me rappeler en
même temps que je dois désormais l'oublier.
Je suis donc libre! Et si je vous jure amour
pour la vie, ce serment je puis le tenir.

L'amour-propre de la dame avait dû être
singulièrement froissé de l'aveu involontaire
que lui avait fait Rinaldo ; mais comme elle
n'avait pas de raisons de se montrer par trop
exigeante, elle fut enchantée de trouver une
occasion d'excuser son amant. La paix fut
donc promptement signée, et notre héros,
jouant la passion, ne tarda pas à faire taire

les derniers scrupules de sa conquête. Une fenêtre fut ouverte, le voile qui masquait les traits de l'inconnue fut enlevé, et Rinaldo poussa un cri d'admiration. Elle était d'une beauté éblouissante. Comment dès lors aurait-elle pu résister à ses transports. Rinaldo la prit dans ses bras, la pressa sur son cœur, leurs lèvres se rencontrèrent, et pendant longtemps le silence du boudoir ne fut troublé que par des soupirs étouffés.

Ils étaient heureux! Ils remerciaient tous deux le hasard de cette bienheureuse rencontre, lorsque tout-à-coup la porte du boudoir s'ouvrit, et le capitaine corse parut devant eux. La dame poussa un cri d'effroi et se cacha le visage dans ses mains, pendant que Rinaldo, saisissant son épée, se levait d'un air menaçant :

—Je ne puis donc plus douter, dit le

Corse, d'une voix sombre. D'un côté la trahison, et de l'autre la désobéissance à mes ordres. Pour le moment, ajouta-il en s'approchant de la dame : Rends-moi la bague que je t'avais donnée comme gage de ma foi.

Sans lui répondre elle lui rendit la bague. Il continua :

— Tu quitteras cette maison aujourd'hui même. Tu m'as quitté pour te donner à cet homme, il sentira bientôt qu'être aimé de toi est un malheur.

Puis, s'adressant à Rinaldo :

— Quant à vous, nous nous reverrons, je l'espère... Bientôt peut-être.,

Et il sortit en fermant sur lui la porte du boudoir.

Un instant Rinaldo avait eu la pensée de l'étendre raide mort à ses pieds, et de venger la femme qui venait de se donner à lui, des insultes et de la tyrannie de cet homme; mais l'influence qu'il exerçait sur elle, et quelque chose de fascinateur qui le dominait malgré lui, arrêtèrent son bras.

— Qu'il aille au diable! s'écria-t-il; seulement je serais bien aise de savoir de quel droit il ose ainsi commander en maître dans cette maison.

La dame lui prit une bague qu'il portait au doigt, et lui dit avec une sorte de délire :

— Ne m'interroge pas! Plus tard tu sauras tout! Cet anneau est un gage sacré pour moi, comme il doit l'être pour toi. Oublie le capitaine, tu n'as rien à redouter de lui. Je ne crains rien moi-même, quoique je l'aie trompé. Il ne comprend pas la jalousie comme moi. Si j'étais trompée, moi, c'est du sang qu'il me faudrait pour assouvir ma vengeance.

Rinaldo se prit à sourire.

— Tu doutes de mes paroles. Eh bien! Ne mets jamais ma jalousie à l'épreuve ; je t'aime, tu m'as juré amour pour la vie ; n'oublie pas ton serment.

Ils demeurèrent ensemble longtemps encore, mettant le temps à profit et se faisant mille serments de tendresse. Puis ils se quittèrent, et Rinaldo regagna sa demeure en se demandant si tout cela n'était pas un rêve.

Il s'attendait à une visite du Corse, mais il n'en reçut pas. Pendant trois jours il n'entendit parler ni de lui, ni de la belle inconnue.

Le quatrième jour il se promenait sur le port, lorsqu'on signala l'arrivée d'un navire, et bientôt une chaloupe chargée de passagers, aborda au rivage. Rinaldo faisait peu d'attention à ce qui se passait autour de lui, lorsqu'il sentit une main lui frapper légèrement sur l'épaule. Il se retourna et Rosalie, revêtue d'un costume d'homme, lui sauta au cou. La surprise leur causa à tous deux une émotion des plus vives. Rinaldo s'empresse de la conduire dans sa demeure, et d'y faire porter deux coffres qu'elle avait avec elle. Puis après les premiers transports que dut leur causer une rencontre aussi inattendue, elle raconta à son amant ce qui lui était arrivé depuis leur séparation.

— Lorsque nous fûmes attaqués, lui dit-elle, j'eus le bonheur de m'échapper. J'errai pendant quelque temps dans les montagnes, et j'atteignis enfin Arezzo, où une bonne paysanne me donna l'hospitalité. Là, je tombai malade et je le fus même assez dangereusement; mais ma jeunesse et la force de mon tempérament me sauvèrent. Quand je fus rétablie, je pris le chemin de Livourne, où je m'embarquai, bien décidée à parcourir tout le royaume de Naples, dans l'espérance de te rencontrer. Bénie soit ma bonne étoile qui t'a conduit sur mes pas ! Dans ces coffres sont tous ceux de tes trésors que j'ai pu déterrer dans les Apennins.

Rinaldo la pressa mille fois sur son cœur, la remercia de sa fidélité, et prit sur-le-champ la résolution de quitter Naples au plus tôt.

— Grâce à toi, me voilà heureux et riche, ma bonne Rosalie, lui dit-il; tu trouveras aussi le bonheur près de moi.

Rosalie, fatiguée du voyage, venait de se mettre au lit pour prendre un peu de repos, lorsque la soubrette de la dame inconnue entra et remit à Rinaldo un billet ainsi conçu :

« Celle qui t'aime de toutes les forces de
« son âme et que tu ne dois plus nommer
« Aurélia, mais bien Olympia, désire te voir.

« Tu n'as qu'à suivre celle qui te porte ce
« billet. »

Rinaldo se rappelait la peinture qu'elle lui
avait faite de son caractère ; il savait les vio-
lences auxquelles la moindre jalousie pourrait
l'entraîner ; et comme il voulait quitter Naples promptement, il crut prudent de se rendre à cette invitation.

Il trouva sa beauté dans un délicieux appartement, non loin de sa demeure, et elle le
reçut dans un négligé tel qu'il put se convaincre dès l'abord qu'on l'aimait toujours
avec passion.

Le tête-à-tête dura longtemps, et pendant
les quelques instants qu'ils donnèrent à la
conversation, la belle Olympia apprit à son
amant qu'elle était génoise, et que Rinaldo
apprendrait un jour par le récit de son histoire pourquoi elle était venue s'établir à Na-

ples, mais qu'elle ne pouvait lui confier ce secret que lorsqu'elle aurait mis sa fidélité à
l'épreuve.

Au moment où ils allaient se séparer, un
homme entra. Il était tellement bien enveloppé dans son manteau, qu'on ne pouvait
voir son visage. Il s'approcha de Rinaldo, lui
remit ce billet et disparut.

Rinaldo ouvrit ce billet et lut ces seuls
mots :

« RINALDINI EST EN DANGER. »

Rinaldo, agité d'un sinistre pressentiment
au sujet de Rosalie, qu'il savait seule chez lui,
se hâta de prendre congé de la belle Olympia
et de regagner sa demeure.

A peine y était-il arrivé, qu'il vit paraître
l'homme au billet, le visage toujours caché
dans les plis de son manteau.

— Jetez bas ce manteau, capitaine, lui dit-il, nous nous connaissons maintenant. Que voulez-vous de moi?

— Capitaine! répondit l'autre. Eh! de par tous les diables, je ne l'ai jamais été.

En parlant ainsi, il se débarrasse de son manteau, et Rinaldo reconnaît en lui un de ses anciens compagnons nommé Ludovico.

— Ludovico ici, s'écria-t-il! Que diable fais-tu donc à Naples?

— Vous allez le savoir par le récit de mon histoire depuis que nous nous sommes quittés. Lors du dernier combat, dans lequel nous avons été si bien brossés, vous n'étiez pas avec nous. J'en suis sorti avec deux coups de sabre, et je me traînai de village en village jusqu'à Naples, où je rencontrai un de mes cousins que la justice traquait comme une bête fauve, et qui me mit en rapport avec une

bande de drôles, tous capables de voler le
nez du diable, s'il en avait un. Il y a quelques jours, je vous aperçus sur le port, mais
je n'osai pas vous aborder. Je voulus vous
suivre, mais je vous perdis de vue; depuis ce
temps, je vous cherchais partout, lorsque ce
soir je vous vis entrer chez une dame que je
connais.

—Tu la connais, demanda Rinaldo surpris.

— Oui! certes, et je me dis alors, halte-là,
Ludovico! ton ancien capitaine court des dangers, il faut le tirer de là.

— Quels dangers?

— Ignorez-vous donc que la dame en question est la maîtresse du prince Della Torre,
qui ne plaisante pas sur ce chapitre.

— La maîtresse du prince Della Torre! dit
Rinaldo au comble de l'étonnement; depuis
quand?

— Depuis cinq jours! j'en sais quelque chose, moi, je suis au service du prince. Auparavant elle appartenait à un certain capitaine corse...

— Le connais-tu?

— Si je le connais! il est secrètement lié avec tous les drôles de mon espèce qui sont à Naples; mais je vous conterai plus tard ce que je sais de lui. Pour le moment, capitaine, disposez de moi, car ici je m'ennuie. Voyons! où sont nos compagnons; il me tarde de les rejoindre.

—Dans la Calabre, où Cinthio commande à ma place.

— Si vous pouvez me donner quelque argent, je pars à la minute; car ici, voyez-vous, avec les sbires toujours sur le dos et la potence devant les yeux, on ne jouit pas de la vie.

— Merci de ton offre! tu auras de l'argent : mais attends encore; je puis avoir besoin de toi.

— A vos ordres, capitaine, et comptez toujours sur ma fidélité.

Rinaldo le congédia, et dès qu'il en fut éloigné :

Ah! belle Olympia! se dit-il, vous m'avez mystifié. Parbleu! j'en aurai raison.

En parlant ainsi, il prit son épée et se rendit à la demeure d'Olympia.

LIVRE QUATRIÈME.

IV.

Rinaldo trouva la maison d'Olympia fermée. Il s'informa aux environs de ce qu'elle
était devenue et personne ne put lui donner
des explications satisfaisantes. Il marchait
donc au hasard dans les rues , lorsqu'il se
trouva devant l'église de San-Lorenzo. Il y

entra et aperçut Olympia qui allait en sortir, au bras d'un cavalier.

Dans le premier moment il sentit la colère lui monter au cerveau, mais il se calma et prit le parti de suivre l'infidèle. Il la vit entrer avec sa nouvelle conquête, dans une maison dans laquelle il entra hardiment après elle. Après avoir traversé plusieurs appartements, il pénétra enfin dans un petit salon, dans lequel il vit les deux amants assis sur un sopha.

Lorsqu'il parut, Olympia lui lança un regard foudroyant. Il comprit seulement alors tout le ridicule de sa démarche, mais il était trop tard pour reculer.

Que voulez-vous ? que cherchez-vous ici ? dit à Rinaldo son rival.

— Je cherchais ce que j'y ai trouvé, répondit fièrement notre héros.

— Ce n'est pas répondre à ma question.

— Eh! parbleu! vous pouvez bien y répondre vous-même.

— Monsieur!

— Prince! se hâte de dire Olympia : je puis vous expliquer moi-même..... Il est un ami du capitaine, et il venait sans doute me parler de sa part.

Rinaldo comprit alors qu'il avait devant lui le prince Della Torre.

— Le capitaine, madame, répondit le prince furieux, ne peut rien avoir à vous dire. Quant à cet homme qui se présente ici de cette façon, il faut qu'il ait pour cela un droit que je suis peu tenté de lui disputer. Je lui cède la place.

A ces mots, le prince prit son chapeau qu'il enfonça sur ses yeux, et sortit.

— Il paraît, dit Rinaldo, que j'ai fait de

la belle besogne. En tout cas convenez, charmante, qu'on ne se joue pas comme vous
l'avez fait de l'amour-propre d'un galant
homme. A l'exemple du capitaine, je vous
prie donc de me rendre la bague que je vous
ai donnée. S'il le faut même je suis tout prêt
à la racheter et à vous en donner le prix que
vous jugerez convenable.

Jusque-là, Olympia avait gardé le silence.
A cette proposition insultante, elle releva vivement la tête et jetant sur Rinaldo un regard
furieux :

— Ah! vous le prenez sur ce ton, lui dit-
elle, eh bien! je ne vous répondrai que par
ces seuls mots. A quoi tenez-vous le plus, à
votre bague ou à votre tête?

— Comment?

— Ah! vous avez cru pouvoir m'insulter
impunément. Les rôles sont changés, noble

comte. Vous me ferez le plaisir de m'envoyer, d'ici à vingt-quatre heures, mille ducats, dont j'ai besoin pour quitter Naples. Si vous me les refusez, d'autres me les donneront. Convenez que la tête du fameux Rinaldo Rinaldini vaut bien cela.

— Quoi. vous savez !...

— Le capitaine m'a tout dit, il vous a suivi, et si jusqu'ici il a gardé votre secret, c'est que tôt ou tard il compte comme moi vous mettre à contribution.

— Sur mon âme! bien joué! s'écria Rinaldo en riant. Il est impossible de duper un homme avec plus d'impudence et moins de danger.

— Je suis enchantée que vous preniez ainsi la chose. Aussi, pour vous récompenser de votre bonne volonté, je vous donnerai un conseil. Quittez Naples aussitôt, car le prince

pourrait avoir la fantaisie de vous faire préparer un repas qui serait le dernier.

— Merci du conseil! j'en profiterai. Adieu,
charmante! Nous nous reverrons, je l'espère.

— Au revoir et sans rancune.

— De la rancune! jamais.

En la quittant, il courut au port afin de
retenir son passage sur le premier navire qui
mettrait à la voile; mais, chemin faisant, il
rencontra le capitaine.

— Enchanté de vous voir! lui dit le vieux
Corse. Je pensais à vous. Je ne doute pas que
vous n'ayez oublié le passé, quant à moi je
n'y pense plus; et, entre ami connus, il n'y
a pas de gêne, je viens vous demander un
service.

— Nous y voilà! pensa Rinaldo. Olympia
ne m'a pas trompé.

— J'ai besoin d'argent, et naturellement

je m'adresse à vous. Deux mille ducats me sont absolument nécessaires. Je suppose que vous ne refuserez pas de me les prêter.

— Comment donc! s'écria Rinaldo, mais je suis trop heureux de pouvoir vous être utile. Seulement, je n'ai pas en ce moment une aussi forte somme à ma disposition; mais je vendrai quelques bijoux, et d'ici à deux jours vous serez satisfait.

— Ce n'est pas précisément ce que je voudrais. Il me faut cette somme aujourd'hui même, j'en ai le plus grand besoin. En tout cas, ma discrétion au sujet de Rinaldo Rinaldini doit vous rassurer sur le remboursement.

— Il est impossible de vous rien refuser. répondit Rinaldo en souriant. Ce soir, ici, venez, je vous remettrai les deux mille ducats en question.

Ils se séparèrent, et notre héros courut sur le port où il trouva un vaisseau gènois, prêt à partir. Mais là, il apprit que défense venait d'être faite à tous les capitaines de recevoir aucun passager sans passeport. Ce contre-temps mit le comble à son inquiétude. Il rentra chez lui, ne sachant trop quel parti prendre.

Heureusement il trouva réunis Ludovico et Rosalie. Ils se concertèrent, et il fut décidé que Ludovico et Rosalie quitteraient Naples en secret avec les coffres qu'ils mettraient en sûreté. Quant à Rinaldo, il partirait le soir même, et ils se réuniraient tous à Cosenza.

Ce plan, une fois résolu, fut aussitôt mis à exécution. Notre héros se revêtit d'un costume de pélerin, il embrassa Rosalie, dit adieu à Ludovico, et fut assez heureux pour quitter Naples, sans être inquiété.

Il prit le chemin de Salerne, mais arrivé à Clarimente, il fut obligé de s'arrêter , exténué de fatigue, et les pieds blessés. Il entra dans une misérable auberge où il ne voulut d'abord que prendre un peu de repos ; mais bientôt une fièvre ardente le força de se mettre au lit. Il fut pendant plusieurs jours gravement malade ; mais grâce aux soins du médecin , il se remit. Dès qu'il eut recouvré un peu de force, il continua sa route et s'enfonça dans les montagnes de Mormando, qu'il devait traverser pour arriver à Cosenza.

Le lendemain, après une longue marche , se reposant au pied d'un arbre, un léger bruit lui fit tourner la tête ; il vit venir à lui deux hommes d'assez mauvaise mine.

— Qui es-tu ? et où vas-tu, lui dit l'un d'eux.

— Je suis un pauvre pèlerin faible et malade, qui se rend à Cosenza, pour y implorer les secours de la Vierge.

—Tu es faible et malade! en ce cas donne-nous ta bourse, ça rendra ta marche plus légère.

— Soit! mais auparavant, un mot : sous les ordres de qui servez-vous dans ces montagnes.

— Notre capitaine se nomme Cinthio, et est ami du célèbre Rinaldo Rinaldini.

—Cinthio! s'écria Rinaldo, Cinthio, ici! Eh! vite, camarades, conduisez-moi vers lui. Il me tarde de le presser dans mes bras.

Les deux brigands se regardèrent d'abord avec surprise; puis l'un d'eux, lui dit :

— Qui es-tu donc, toi qui prétends connaître notre capitaine?

— Qui je suis! répondit Rinaldo, d'une voix forte, en reprenant le ton du commandement. Je suis Rinaldo Rinaldini, lui-même.

Les brigands tombèrent à genoux lui demandèrent pardon et s'empressèrent de le conduire à la tente de Cinthio.

On peut juger de la joie de ce dernier en revoyant son ami, et des cris qui s'élevèrent de toutes parts dans le camp, quand on apprit que le capitaine était de retour.

Malgré sa fatigue et son état de faiblesse, Rinaldo voulait à l'instant partir pour Cosenza, afin de rejoindre Rosalie et Ludovico; mais Cinthio s'y opposa et partit lui-même pour aller les chercher, en se faisant accompagner d'une forte escorte.

Huit jours après, Rinaldo vit enfin arriver Rosalie avec ses coffres. Ludovico l'accompagnait, mais il était chargé de chaînes. Quant à Cinthio, il n'était pas revenu, et il écrivit au capitaine la lettre suivante :

« Je reste aux environs de Cosenza. Quand
« je te reverrai, je te dirai le motif qui m'a
« fait prendre cette résolution. Ludovico te
« dira lui-même pourquoi je l'ai fait enchaî-
« ner. Tu le jugeras toi-même. Adieu! »

— Ah ça, Ludovico, dit Rinaldo, après
avoir lu cette lettre. Pourquoi es-tu garrotté
de la sorte?

— Parce que je suis un traître, parce que
c'est moi, qui, à Naples, ai dévoilé tous vos
secrets au vieux Corse. J'étais fou. Aussi depuis j'ai cherché à tout réparer. La signora
Rosalie peut vous dire avec quelle fidélité je
l'ai servie depuis notre séparation ; mais je
n'en suis pas moins coupable. J'ai tout avoué
à Cinthio, qui m'a fait charger de chaînes.
Et maintenant j'attends de vous mon arrêt.

— Je te pardonne, répondit Rinaldo en

lui tendant la main. Tu t'es noblement conduit depuis ta faute, elle est réparée.

Après avoir pris quelques jours de repos,
il donna enfin à sa bande l'ordre de lever le
camp, et il quitta les montagnes pour se
rendre au bourg de Fiscaldo. Il y avait fête ce
jour-là Partout on ne voyait que des danses,
on n'entendait que des chants. Des mar-
chandises de toute nature étaient étalées dans
les rues. Au milieu de la place s'élevait un
théâtre sur lequel des moines vendaient des
amulettes et des rosaires.

— Ces bons pères font une bonne récolte,
se disaient les brigands; mais ils ne remporte-
ront pas tout.

Tout-à-coup une femme masquée s'approche de Rinaldo, et lui dit :

— Salut au seigneur comte Mandochini!

Il voulut l'arrêter, mais elle disparut dans

la foule, et il se trouva face à face avec Cinthio, qui lui dit :

— Je veux être pendu si ce n'est pas la
belle Olympia dont tu m'as parlé. Elle est ici
avec son vieux Corse, je n'en puis plus douter. Je suis leurs traces depuis Cosenza.

Ils furent interrompus par Bramante, un
des leurs, qui vint leur dire que des cavaliers
et des dames prononçaient hautement le nom
de Rinaldo, et que l'un d'eux était allé cherché les sbires.

Cinthio chargea Bramante de porter à toute
la bande l'ordre de se réunir sur-le-champ et
de partir pour l'ermitage de San-Sepulchro.
Quant à lui qui connaissait parfaitement les
chemins, il passa avec Rinaldo par un aque-
duc en ruines, et ils quittèrent ainsi heureusement Fiscaldo.

A peine arrivaient-ils à l'ermitage, qu'ils

entendirent sonner la trompette, et un instant après, toutes les cloches de la vallée se mirent en branle. Ils se hâtèrent de gagner leur camp où ils arrivèrent en même temps que quelques-uns des leurs qui avaient dévalisé les moines marchands d'amulettes et de rosaires.

Dès que toute la bande fut réunie, Rinaldo donna le signal du départ, après avoir chargé Ludovico de rester dans les environs, pour surveiller les démarches du Corse et d'Olympia, et chercher les moyens de s'emparer de leurs personnes. Il enfouit ensuite les coffres qui renfermaient ses trésors et l'on se mit en marche. Cinthio prit par le bas de la vallée, et Rinaldo suivit la crête des montagnes.

Ils n'étaient pas encore très-éloignés du lieu d'où ils étaient partis, lorsque tout-à-coup Rinaldo entendit une vive fusillade, et presque au même instant un homme accourut prévenir le capitaine que Cinthio était aux prises avec les milices. Il envoya aussitôt douze hommes à son secours, et filant par la droite, il marcha sur le flanc de l'ennemi.

Lorsqu'il parut sur le champ de bataille, Cinthio n'avait plus autour de lui que quinze hommes qui se battaient en désespérés. Il s'élance aussitôt sur l'ennemi avec tant de vigueur qu'il le força à la retraite, ce qui permit à Cinthio de rallier son monde. Cinthio le rejoignit bientôt et la victoire était aux brigands sans un nouveau corps de milices qu'ils rencontrèrent. Dès-lors le combat changea de face. Cernés de tous côtés et ayant affaire à des forces dix fois supérieures, les bandits furent taillés en pièces et dispersés. Rinaldo resté seul, se défendit longtemps, il fit des prodiges de valeurs; mais enfin accablé par le nombre, il fut renversé, désarmé, garrotté et conduit dans un château voisin où on le jeta dans un cachot.

Il était là depuis plusieures heures, couché sur la paille, attendant qu'on vînt le chercher pour le conduire au suplice, car on devait avoir hâte de se débarrasser de lui, lorsque la porte de son cachot s'ouvrit, et il vit entrer une femme voilée qui portait à la main une lanterne sourde.

— Qui es-tu? et que me veux-tu? demanda Rinaldo.

— Qui je suis? Tu le sauras tout-à-l'heure, ce que je veux, te sauver.

— Me sauver! mais tu me connais donc?

— Regarde, dit-elle en soulevant son voile.

— Olympia, s'écria Rinaldo.

— Oui, Olympia qui t'a aimé, qui t'aime encore et qui vient te soustraire à la mort qui t'attend.

— N'est ce point un rêve? Est-ce toi qui me parle ainsi, toi qui voulais à Naples me livrer aux sbires ?

— Ne m'interroge pas, je te répète que je viens te sauver, mais à une condition, c'est que tu vas reconnaître par écrit que tu me dois la vie. Voici un crayon et du papier. Ecris et signe.

Rinaldo obéit et Olympia continua :

— Maintenant écoute : hors de ce château un valet t'attend avec un cheval et des vêtements; dans le port près d'ici est un vaisseau gênois prêt à mettre à la voile pour Messine. Tu te feras nommer chevalier de la Cintra, voici un passeport sous ce nom, et à Messine, tu iras trouver le marquis de Romano à qui tu remettras cette lettre. Maintenant suis moi.

— Encore un mot, reprit Rinaldo à qui

tout cela semblait impossible. Quel est donc ce château où tu sembles régner en souveraine?

— Il appartient au prince Della Torre.

— Je comprends tout. Tu es un ange descendu du ciel.

Moins d'une heure après, il se promenait sur le pont du vaisseau génois, et il voyait avec plaisir qu'un bon vent l'emportait loin de ce fatal rivage.

LIVRE CINQUIÈME.

V.

En débarquant à Messine, le premier soin de Rinaldo fut de se présenter chez le marquis de Romano. A peine ce dernier eut-il lu la lettre d'Olympia, qu'il accabla son hôte de témoignages d'amitié. Il y avait alors chez lui nombreuse société. Toute la noblesse de Messine était réunie là. Le marquis présenta à tout ce beau monde le chevalier de Cinthra à qui chacun s'empressa de faire l'accueil le plus flatteur.

Lorsque le soir fut venu et que l'heure du repos eut sonné, le marquis entraîna notre héros à l'écart et lui dit :

—Notre amie commune, la signora Olympia, mè parle de vous en des termes tels que j'éprouve le plus vif désir d'obtenir votre amitié.

— C'est trop d'honneur pour moi !

—Non, vraiment, et je suis sûr que tous nos amis seront fiers et heureux de voir notre société s'augmenter d'un membre que je sais être avant tout homme de cœur et de courage.

Rinaldo ne savait que penser. Ce marquis

connaissait-il son véritable nom? Ou bien ses paroles n'étaient-elles qu'une banalité?

— Veuillez, monsieur le marquis, vous expliquer plus clairement, lui dit-il.

—Rien de plus juste! Dans ce bas monde, Dieu a voulu que les hommes fussent tous frères. Malheureusement cette loi qu'on pourrait appeler naturelle, a été trop souvent méconnue. Des gens à l'ame fière et honnête l'ont fait revivre entre eux et cherchent à lui rendre sa toute puissance. Dans les états de l'Eglise, dans le royaume de Naples, ici en Sicile, nous avons de nombreux adeptes. Quand on est une fois reçu dans notre association, on est certain de trouver des amis partout. Voulez-vous être des nôtres?

— Sans doute, monsieur le marquis, j'accepterais avec reconnaissance. Mais c'est impossible!

— Impossible! Pourquoi?

— Pour des raisons qui me sont personnelles.

Je ne les accepte pas. Vous ne pouvez me refuser. Je veux être le parrain du chevalier de Cinthra..... jusqu'à nouvel ordre.

Vos paroles, monsieur le marquis, répondit Rinaldo tout interdit, ont un sens caché que je veux au moins savoir. Ce n'est pas trop exiger.

—Eh! ne comprenez-vous pas que je vous connais.

— Quoi! Olympia vous aurait dit.....

— La vérité, mais rassurez-vous! Votre secret sera religieusement gardé. Consentez à être des nôtres. On vous expliquera plus tard ce que nous exigeons de nos frères. Jusque-là qu'avez-vous à craindre ?

— Rien! aussi j'accepte! et vous pouvez compter sur moi.

Rinaldo passa la nuit toute entière à réfléchir à cette étrange proposition, puis de guerre lasse, il finit par n'y plus songer et s'abandonner à la fortune. Pendant plusieurs jours, ce ne fut dans l'hôtel du marquis que bals, concerts, repas somptueux dans lesquels le chevalier de Cinthra chercha à noyer ses souvenirs.

Parmi les beautés qui se pressaient dans ces salons, il en était deux qui fixèrent tout d'abord son attention. L'une était une jeune personne de la plus grande beauté, fille du baron de Dénongo, et l'une des plus riches héritières de la Sicile; l'autre moins belle, mais tout aussi jolie et réunissant plus de

charmes, était une jeune veuve de vingt-
quatre ans extrêmement riche, nommée
comtesse de Martagno. De son côté le chevalier crut s'apercevoir que ces deux dames
l'avaient remarqué. Il hésitait donc, lorsqu'une circonstance singulière décida de son
choix.

Dans une fête que donnait la comtesse, on
servit après le bal un souper splendide. En
sa qualité d'étranger, Rinaldo fut placé à
côté de la maîtresse de la maison, et par hasard Laure se trouva ainsi en face de lui.

La conversation d'abord assez banale, finit
par prendre une tournure plus intéressante,
surtout pour le chevalier. On ne parla rien
moins que du fameux Rinaldo Rinaldini, et
de sa mort dans la Calabre.

Laure osa dire que ce misérable était
mort trop honorablement, qu'il aurait dû

périr sur un échafaud. A ces mots, le chevalier sentit diminuer son penchant pour
cette jeune fille, et augmenter au contraire
celui qui l'attirait vers la comtesse qui, sans
doute par esprit de contradiction soutint que
Rinaldo était un grand'homme, et que si
le hasard l'eût placé à la tête d'une armée, il
eût été un héros. Il ne chercha donc plus
qu'à plaire à la comtesse et à trouver le
moyen de lui avouer sa passion.

Le lendemain il reçut d'Olympia une lettre
conçue en ces termes :

« Mon adoré chevalier;

« Sans doute tu as reçu, chez le marquis
« de Romano, l'hospitalité que je t'avais
« promise. Il est probable qu'il te présentera
« au vieux de Frontéja; tu apprendras plus

« tard à connaître ce vieillard. Suis toujours
« les conseils du marquis, ils ne peuvent que
« te mener à bien.

« J'ai deux nouvelles à t'apprendre. La
« première, c'est que la bande de Rinaldo
« Rinaldini a été complétement détruite.
« Neuf de ses compagnons qui avaient été
« pris vivants, ont été fusillés. Un de ses
« lieutenants, nommé Cinthio, s'est seul
« échappé avec quelques-uns des siens.

« Ma seconde nouvelle est qu'un certain
« capitaine que tu connais, a été frappé de
« six coups de poignard, par un nommé Ludovico, que tu dois connaître aussi.

« Adieu, mille baisers, et en revanche,
« garde-moi quelque souvenir.

                              « OLYMPIA. »

— Cher Cinthio! s'écria Rinaldo, après la

lecture de cette lettre, grâce au ciel, il est sauvé. Puissé-je le revoir un jour! Quant à toi, brave Ludovico, si jamais je te retrouve, je te récompenserai largement du service que tu viens encore de me rendre.

Heureux de ces nouvelles, il ne s'occupa plus qu'à jouir amplement de la vie qui s'offrait à lui sous des couleurs si riantes.

Quelques jours après, comme il se promenait dans la campagne, il aperçut la jeune et belle comtesse de Martagno, sur la porte d'un jardin. Il courut à elle et lui exprima la joie qu'il éprouvait de la rencontrer.

— Est-ce au hasard ou à votre volonté que je dois cette rencontre, lui dit-elle malicieusement.

— Je ne sais pas mentir, répondit le chevalier. C'est le hasard, il est vrai, qui m'a conduit ici. Mais soyez certaine que depuis bien lontemps je cherchais une occasion de me trouver avec vous sans témoins.

Ils se promenèrent pendant quelques instants dans le jardin; puis ils allèrent se reposer dans un pavillon perdu au milieu d'un bocage, et qui semblait avoir été construit dans une pensée toute de volupté.

Il existe entre certaines organisations des rapports magnétiques tels qu'on se devine, sans se parler, tels que les yeux ont un langage aussi compréhensible que celui de la parole. Souvent même des êtres entièrement séparés, éprouvent des désirs dont ils ne peuvent se rendre compte, et que le moindre contact fait éclater.

C'est ce qui arriva au chevalier de Cinthra et à la comtesse de Martagno. Lorsqu'ils sortirent du pavillon, leurs âmes n'avaient plus de secrets l'un pour l'autre.

Quelques jours après, la comtesse de Martagno donna une grande fête dans le jardin de son hôtel. Elle avait déployé pour cette circonstance un luxe inouï. Le chevalier devait être le héros de cette fête, elle l'aimait à la folie, c'est tout dire.

Dans un instant où toute la société était réunie près de ce pavillon mystérieux qui avait été témoin des premiers transports des deux amants, on vit tout-à-coup paraître des domestiques portant des flambaux et accompagnant un étranger qui désirait parler au marquis de Romano. En le voyant, Rinaldo reste comme pétrifié. La présence de cet homme lui semble une vision, il ne peut y croire ; et au lieu de s'éloigner, comme la prudence le lui conseillait, il demeure à sa place sans pouvoir se rendre compte de cè qui se passait en lui ; il a reconnu le capitaine Corse.

L'étranger s'approche. On fait cercle autour de lui. Il promène ses regards sur ceux qui l'entourent, et c'est alors qu'il aperçoit Rinaldo. Soudain son visage prend une expression de colère féroce, il tire son épée et marchant droit à notre héros :

— Je te retrouve donc enfin, misérable assassin ! lui crie-t-il.

Ces mots rappellent Rinaldo à lui-même. Il met aussitôt l'épée à la main et un combat terrible allait s'engager entre eux, lorsqu'un coup de feu, parti du bosquet voisin, renversa le vieux Corse.

Ce fut alors une confusion générale, on crie, on court, on se presse, les valets cherchent leurs armes, les femmes s'évanouissent, et les hommes ne savent plus auquel enten-

dre. Mais, heureusement, la comtesse a conservé toute sa présence d'esprit. Elle prend
le chevalier par la main, l'entraîne de force
vers le pavillon, l'y fait entrer et l'y enferme.

Rinaldo reste là deux grandes heures, se
demandant si tout ce qui venait de se passer
était bien réel, et fort inquiet du dénouement
qu'accroît cette nouvelle aventure. Enfin la
porte s'ouvrit et la comtesse reparut.

— Le capitaine est-il mort? Telles furent
les premières paroles de Rinaldo.

— Non, répondit la comtesse, mais il est
dangereusement blessé. Aussi je viens te sauver. Ecoute : je possède dans les montagnes
de Rémata, un château dans lequel tu seras
en sûreté. Voici une lettre pour le concierge.
Je t'annonce à lui sous le nom du baron de
Begnano, l'un de mes parents. Un cheval

t'attend à la porte du jardin. Pars! je te rejoindrai bientôt.

Rinaldo ne se le fit pas dire deux fois. Arrivé à la porte du jardin, il monta à cheval, et prenant le chemin que la comtesse lui indiquait, il partit au galop.

La nuit était noire, mais malgré l'obscurité, il crut distinguer comme une ombre qui le suivait. Pour s'en assurer il tourna bride toutà-coup et fut auprès de cet espion avant qu'il eût eu le temps de fuir.

— Qui es-tu? lui demanda-t-il.

— Si vous êtes le comte Mandochini, lui répondit-on, vous me connaissez.

— Ludovico! s'écria Rinaldo en le reconnaissant à la voix.

— Mon capitaine? Enfin, c'est bien vous.

— Toi, ici, comment diable te trouves-tu dans ces parages?

— Le hasard est un grand maître! Jugez-
en : j'ignore si vous savez que dans la Calabre j'ai voulu envoyer le Corse *ad patres*;
mais il paraît que le vieux coquin a la vie
dure. Je croyais donc vous en avoir débarrassé à tout jamais, et je m'embarquai pour la
Sicile, en me faisant passer pour un maître
d'armes. En débarquant à Messine, vous
pouvez vous imaginer ma joie en vous voyant.
Mais impossible de vous parler, vous étiez
toujours en société de grands personnages.
Bref! ce matin je me promenais fort tristement sur le port, car je n'avais plus d'argent et je ne savais trop où en trouver, lorsque je vis débarquer le vieux Corse. Le diable
en personne ne m'aurait pas fait plus d'impression. Comment ce vieux scélérat est encore du monde, me dis-je, mais mon capitaine est perdu. Comment le prévenir? A tout

hasard je me mets à parcourir la ville, et enfin je vous rencontre lorsque vous vous rendiez chez la comtesse. Inutile de vous dire que je vous suivis ; grâce à la foule des voitures et des laquais, je parvins à m'introduire dans le jardin, et là, caché dans un bosquet, j'attendis une occasion de me montrer à vous. Enfin, je vis arriver le vieux Corse et vous mettez l'épée à la main. C'est alors que je me dis : mon capitaine est brave, mais le vieux chien en sait long. Il n'y a pas à hésiter. J'ajuste mon homme, je l'étends sur le gazon, j'escalade le mur du jardin, et je me mets à rôder aux environs pour voir la suite de l'aventure. A ce moment, vous prenez la fuite de toute la vitesse de votre cheval, je vous suis, et me voilà.

— Ai-je eu tort, s'écria Rinaldo, de te faire grâce, lorsque Cinthio t'envoya vers moi chargé de chaînes. Viens avec moi, mon brave Ludovico! Nous ne nous quitterons plus.

Après six jours de marche, ils arrivèrent enfin au château de la comtesse.

C'était un vieux manoir bâti sur un rocher et perdu au milieu des montagnes. De vastes forêts l'entouraient et il était défendu par de hautes murailles et des fossés profonds. Il était habité par un vieux concierge, sa femme, sa fille, une servante et un vieil invalide qui avait servi en Espagne, sous le père de la comtesse.

Les nouveaux venus vécurent là pendant quelque temps à l'abri de tout souci, chassant dans les bois des environs, et écoutant les récits merveilleux que leur faisait le vieil invalide Giorgio.

Un soir que ce dernier avait raconté une histoire dans laquelle les sorciers et les revevenants jouaient un grand rôle, Rinaldo lui demanda s'il croyait aux revenants.

— Et comment ne pas y croire, répondit le bonhomme, lorsqu'on en voit partout, même dans ce château.

— Dans ce château?

— Demandez à Lisbette, la fille du concierge, elle peut vous en parler savamment.

Lisbette se fit un peu prier, elle tremblait d'avance à la seule pensée de réveiller ces effrayants sorciers; elle se décida pourtant.

— Il y a un an, dit-elle, madame la comtesse nous avait promis qu'elle devait venir ici. Nous nous mîmes donc à tout préparer pour la recevoir. J'étais dans la grande salle qui est ici dessous, cette salle qu'on n'ouvre jamais, et au fond de laquelle est une porte qui donne sur un escalier qui descend on ne sait où. J'étais en train de tout ranger de mon mieux, lorsque tout-à-coup j'entends marcher derrière moi; je me retourne et je vois entrer par la porte du fond un grand fantôme blanc, avec des joues caves, de grands yeux et une barbe qui n'en finissait pas. Je n'en vis pas davantage, car je tombai évanouie. Quand je revins à moi, le fantôme avait disparu. La comtesse ne vint pas, et depuis lors, personne n'est entré dans cette salle.

— Parbleu! dit Rinaldo, après un instant de silence, voilà une plaisante anecdote. Il y a là dessous un mystère que je veux approfondir. Oui, ma foi, dès demain je tenterai l'aventure.

Cette fantaisie de notre héros fut accueillie par des cris d'effroi de la part de tous les habitants du château. Chacun chercha à le détourner d'une résolution qui devait lui être fatale ; mais il fut inébranlable.

Dès le lendemain donc, il prépara tout pour cette expédition. Il se munit de pinces, de leviers, de pioches, dans le cas où il au rail des obstacles à vaincre, et accompagné de Ludovico, il pénétra dans la grande salle. Ils étaient armés jusqu'aux dents, et chacun d'eux avait un flambeau à la main.

Ils ouvrirent d'abord la porte qui se trouvait au fond de la salle et qui donnait en effet sur un escalier qu'ils descendirent. Mais là une nouvelle porte les arrêta. Cette porte était verrouillée en dedans et en dehors ; il fallut donc l'enfoncer, ce qu'ils firent en un instant. Derrière cette porte ils trouvèrent un chemin voûté, dans lequel ils entrèrent et qui les conduisit à un second escalier qui descendait encore. Il était comme le premier fermé dans le bas par une porte qu'ils durent enfoncer encore pour pouvoir aller plus loin. Enfin, derrière cette porte était un nouveau chemin à l'extrémité duquel ils se trouvèrent dans une vaste salle fermée par une grille de fer.

— Est-ce que nous ferions peur aux revenants? dit Rinaldo en riant. Jusqu'ici ils n'ont pas l'air de s'occuper beaucoup de notre présence sur leur territoire.

Il achevait à peine ces mots qu'il crut entendre comme des gémissements plaintifs qui semblaient sortir du souterrain fermé par la grille de fer.

— Qui est là? demanda-t-il en courant à la grille.

— Que t'importe! répondit une voix sépulcrale. De quel droit viens-tu troubler le repos de ceux qui habitent les entrailles de la terre?

— Je vais te l'apprendre, s'écria Rinaldo, en se mettant, avec l'aide de Ludovico, en devoir d'enfoncer la grille qui, un instant après, vole en éclats.

Et ils s'élancèrent tous deux dans le souterrain. Ils virent alors fuir devant eux une ombre blanche. Ils voulurent la suivre, mais elle ferma sur elle une porte de fer tellement massive, qu'elle résista à tous leurs efforts.

Pendant qu'ils essayaient de la briser comme les autres, ils entendirent tout près d'eux des gémissements sourds.

— Il y a donc ici quelqu'un, dit Rinaldo.

— Qui que tu sois, viens à mon aide! répondit une voix faible.

Nos deux aventuriers, cherchant dans la direction d'où partait la voix, finirent par découvrir à quatre pieds du sol environ, une ouverture pratiquée dans la muraille, et garnie de barreaux de fer.

— Eloignez la lumière, s'écria la voix, elle m'éblouit.

Rinaldini donna son flambeau à Ludovico qui se tint un peu à l'écart. Mais il en avait assez vu pour juger de l'espèce de revenant auquel il avait affaire. Dans ce cachot noir et humide était une pauvre femme couverte de haillons en lambeaux, et d'une maigreur impossible à décrire!!!

Sans perdre de temps, Rinaldo se mit en devoir de briser la grille, et un instant après il reçoit dans ses bras la malheureuse prisonnière.

Il reprit aussitôt le chemin des appartements, en ayant soin d'envoyer en avant Ludovico, avec ordre de prévenir de son passage les habitants du château qui de-

vaient les attendre à leur sortie du souterrain.
Il transporta cette pauvre femme dans sa
chambre, la déposa sur un lit et s'empressa
de lui prodiguer tous les soins que réclamait
son état. Ludovico courut dans les environs
pour s'y procurer des vêtements de femme;
et comme à son retour cette malheureuse
créature, épuisée par l'émotion que lui avait
causée cette miraculeuse délivrance, s'était
endormie, Rinaldo ferma sa porte à double
tour, et reprit avec son fidèle compagnon,
le chemin du souterrain, dans le but de retrouver le fantôme blanc qui lui était échappé.

Lorsqu'ils furent devant la porte de fer qui
avait déjà résisté à tous leurs efforts, ils es
sayèrent encore de la briser, peine inutile !·

De guerre lasse, ils allaient peut-être se
retirer, lorsqu'il leur sembla tout-à-coup que
cette porte s'ouvrait d'elle-même; ils virent,

en effet, fuir devant eux l'ombre qu'ils cher-
chaient, et s'élancèrent pour la saisir ; mais
encore une fois elle leur échappe, en s'enfon-
çant dans ces labyrinthes ténébreux qu'elle
connaissait mieux que ceux qui la poursui-
vaient.

Ils ne perdirent pas courage cependant. A
l'extrémité de la nouvelle galerie qui venait
de leur être ouverte, ils trouvèrent un escalier qu'ils gravirent en toute hâte, mais arrivés au sommet, ils furent arrêtés par une
trappe de fer contre laquelle se brisèrent tous
leurs efforts. Furieux de ce contre-temps, ils
redescendirent pour chercher une autre issue,
et ne tardèrent pas à trouver un autre escalier dans lequel ils s'élancèrent ; cet escalier les conduisit au sommet d'une tour
qu'ils reconnurent aussitôt pour faire partie
du château. Ils fouillèrent cette tour dans

tous les coins, et finirent par se convaincre
qu'elle n'avait aucune issue sur la campagne.
Ils redescendirent alors dans les souterrains
où pendant plusieurs heures, ils continuè-
rent leurs recherches; mais tout fut inutile encore! L'ombre ne reparut plus, et ils ne purent
comprendre par où elle s'était échappée. Ils
reprirent donc le chemin du château, en
ayant soin de fermer et de barricader forte-
ment les portes derrière eux.

Pendant les premiers jours de sa miraculeuse délivrance, l'inconnue fut en proie à
un délire si violent, que Rinaldo craignit
pour ses jours. Elle se remit pourtant, et il
put enfin savoir les motifs de cette horrible
captivité.

— Je me nomme Violetta, lui dit-elle.
Je suis la fille d'un des vassaux du comte de
Martagno qui se nommait Brotezza de Noli.

Le comte venait de perdre sa première femme, lorsque pour mon malheur, il me vit. J'étais belle! Vous voyez ce qui reste de cette beauté dont on parlait dans tout le pays. Le comte me parla d'amour, mais comme j'étais peu disposée à répondre à sa passion, il m'offrit sa main. Nous allions être unis sans doute, lorsqu'il reçut l'ordre de partir pour aller faire la guerre en Espagne, où mon père fut obligé de le suivre. Quand il revint, j'appris en même temps que son retour, la mort de mon père qni avait été tué au siége de Barcelonne. Orpheline, sans amis, sans famille, j'allais me retirer dans un couvent, lorsque je fus enlevée par le comte et conduite dans ce château. Je le revis alors, il renouvela ses protestations d'amour, mais je le traitai avec tant de mépris, que sa passion ne fit que s'accroître. Pour la seconde fois il m'offrit sa main. Un prêtre nous unit...

— Vous avez été la femme du comte de Martagno! s'écrie Rinaldo.

— Oui, je suis sa femme. Pendant trois mois il me prodigua tous les témoignages d'amour. Puis un jour il partit, je ne le revis plus, et quelques jours après m'étant endormie d'un sommeil pesant qui n'avait rien d'humain, je me réveillai dans le cachot où vous m'avez trouvée. Dieu seul sait pourquoi j'y fus enfermée.

— Je vous le dirai tout-à-l'heure, répondit Rinaldo, mais continuez.

—J'ignore combien d'années j'ai vécu dans ce souterrain, dont le silence n'était troublé que par la présence d'une espèce de fantôme qui venait chaque jour m'apporter du pain et de l'eau, et qui chaque fois me répétait ces paroles : veux-tu donc vivre éternellement?

— Horreur! s'écria Rinaldo. Mais voulez-
vous savoir la cause de votre captivité? Eh
bien! c'est que le comte s'était remarié à
Messine. Sa veuve y vit encore, et je suis
certain qu'elle ignore jusqu'à votre existence.

— Sa veuve! Le comte est donc mort?

— Trop tôt, car je vous aurais vengée!

— Oh! Dieu est juste!

Leur conversation fut interrompue par un
roulement de voiture qui se fit entendre dans
la cour principale du château. Rinaldo alla à
la fenêtre et vit descendre d'une berline de
voyage, la comtesse elle-même. Il courut à
sa rencontre.

Après les premiers transports de joie de cette
noble dame qui était heureuse de revoir
l'homme pour lequel elle s'était éprise tout-
à-coup d'une grande passion, et qu'elle ai-

mait plus que jamais, par cela même qu'elle lui avait sauvé la vie ; après les témoignages de reconnaissances de Rinaldo, pour le service qu'elle lui avait rendu, nos deux amants en vinrent à se donner mutuellement des nouvelles. Notre héros apprit alors que le marquis de Romano avait donné un asile chez lui au capitaine corse, dont la blessure n'était pas mortelle. Quant à lui, le bruit s'était répandu partout qu'il s'était embarqué et qu'il avait quitté la Sicile. Il était donc dans ce château parfaitement en sûreté. Il fit à son tour à la comtesse le récit de son expédition et de sa découverte dans les souterrains du château. La comtesse voulut voir Violetta à l'instant même. Elle se fit raconter tous les détails de cette aventure ; elle pleura avec la malheureuse captive, elle l'accabla de protestations de dévouement, elle jura de tout faire pour réparer, autant qu'il serait en elle, un aussi grand malheur; en un mot elle offrit à la pauvre femme une amitié de sœur, que celle-ci s'empressa d'accepter.

Cette solitude prit donc dès lors une physionomie plus riante. Violetta fut présentée aux gens du château, comme une parente de la comtesse, ce qui ne les empêcha pas d'être fort intrigués, et de se demander comment elle était venue. Rinaldo et sa belle maîtresse ne songèrent plus, dès lors, qu'à mettre à profit leurs doux loisirs.

Cependant il y avait entre eux une sorte de contrainte que la comtesse, surtout, cherchait en vain à s'expliquer. Pendant leurs conversations, elle avait cru remarquer qu'il y avait souvent dans les allures, dans le langage de son amant une certaine ambiguité à laquelle ne pouvait pas assigner de motif, et qui la troublait malgré elle. De son côté, Rinaldo, qui devinait instinctivement les inquiétudes de la comtesse, se montrait involontairement de jour en jour plus réservé. Cette situation ne pouvait pas durer, et la comtesse, bien qu'elle prévît un danger, résolut d'y mettre un terme.

Un soir qu'ils étaient assis sur un des balcons du château, et qu'ils respiraient l'air embaumé de la nuit :

— Mon beau chevalier de la Cinthra? lui dit la comtesse, jusqu'ici nous avons vécu sans jamais nous demander si ces beaux moments qui nous donnent tant de bonheur devaient ou pouvaient durer longtemps. Ne serait-il pas temps de penser un peu à l'avenir ?

— L'avenir ! s'écria Rinaldo. Eh ! que m'importe l'avenir, quand j'ai sous la main un présent comme celui dont je jouis à cette heure !

— Mais vous n'avez donc dans ce bas monde aucun bien, aucun intérêt qui puissent vous faire un jour quitter ce château, et la Sicile peut-être?

—L'hirondelle n'est pas plus libre que moi.

—Vous n'avez donc pas de famille?

— Hélas! c'est un bienfait dont j'ai été déshérité en naissant.

— Et quels sont les motifs qui vous ont conduit en Sicile?

Rinaldo ne répondit pas. Il était embarrassé du tour que prenait la conversation, et ne pouvait vaincre cet embarras qui était évident pour la comtesse. Aussi vit-il sa physionomie prendre une expression de mécontentement non déguisé.

— Je vous avais prié, lui dit-il vivement,

de ne pas me parler du passé. A quoi bon réveiller de cruels souvenirs?

—Il y a donc dans votre vie des secrets qui vous torturent et que ne pouvez avouer?

— Comtesse! par grâce! je vous en supplie, brisons là.

— Eh bien! non , je veux tout savoir.

Elle prononça ces mots avec tant de résolution qu'il en fut tout interdit. Le moment était critique. Mais Rinaldo pourrait-il se décider à lui avouer.... Oh ! plutôt la quitter, plutôt fuir à l'autre bout du monde! Il songea alors à l'effrayer en se disant que puisqu'elle l'aimait tant, la seule pensée de le perdre calmerait tous ses scrupules. Il se composa donc un maintien triste et désolé, et lui dit:

— Si je vous ai prié de ne pas me parler du passé, c'est que je voulais oublier que j'avais ici bas des devoirs à remplir. Vous ne tenez aucun compte de ma prière. Eh bien ! soit. En me parlant ainsi, vous me rappelez qu'une terrible necessité pèse sur moi, et qu'il faut que je parte.

— Partir ! s'écria la comtesse, mais c'est impossible !

— C'est vous qui l'avez voulu.

— Vous ne m'aimez pas alors.

— Je ne vous aime pas ! Moi qui vous sacrifiais le plus impérieux des devoirs :

— Mais qui êtes-vous donc ?

— Qui je suis, eh ! ne le savez-vous pas ?

—Eh bien ! non. Je ne le sais pas. Car votre véritable nom n'est pas celui sous lequel le marquis de Romano vous a présenté à nous. J'ai interrogé le marquis et j'ai bien vu à l'ambiguité de ses réponses, que mes soupçons étaient fondés.

Rinaldo s'était trompé dans ses calculs. Il avait cru effrayer la comtesse, et la curiosité ou une jalousie instinctive l'emportait chez elle sur tout autre sentiment. Il s'était donc abusé sur le degré d'affection qu'elle lui portait. Il ne songea plus dès lors qu'à se tirer d'un mauvais pas avec les honneurs de la guerre.

— Eh bien! non, répondit-il d'un ton grave. Je ne suis pas le chevalier de la Cinthra; mais excepté cela, tout ce que je vous ai dit est vrai. Une épouvantable fatalité pèse sur ma vie. Quant à mon véritable nom, c'est un secret que je ne puis confier à personne, pas même à la femme que j'aime le plus au monde.

Craintive et touchée tout-à-la-fois, la comtesse eut un de ces retours subits que la passion fait naître dans le cœur des femmes.

— Non; s'écria-t-elle. Eh bien! non, ne me dis rien. Je ne veux rien savoir. Tu as raison, jouissons du présent et oublions le passé.

Puis cédant à la violence de son caractère qui la poussait toujours vers les extrêmes.

— Comte! ajouta-t-elle, puisque je ne te connais pas, quoique je ne sache pas qui tu es, unissons nos existences par un lien indissoluble. Je t'offre ma main, la veux-tu ?

Il baissa la tête sans répondre.

— Tu refuses! s'écria-t-elle d'une voix frémissante.

Il la regarda longtemps en silence. Ses yeux se voilèrent de larmes; et, pendant qu'elle cherchait à deviner sur sa physionomie l'arrêt qu'il allait prononcer, Rinaldo lui dit d'une voix sombre, mais avec une intention vraie :

— Écoute, et juge si je suis à plaindre. Je
t'aime ! je donnerais mon salut éternel pour
pouvoir passer ma vie avec toi. Mais pour prix
de ton amour, de ton dévouement, dois-je
dònc vouer au mépris et à la honte ta vie si
noble, si enviée ?

— Qui es-tu donc, balbutia-t-elle avec effroi.

— Qui je suis? Si je te le dis, tu vas être
épouvantée de cette révélation; si je te le dis,
tu vas me maudire; si je te le dis, je perds à
jamais ton amour et tu vas peut-être mourir
de honte à mes pieds.

Non ! non ! s'écria-t-elle, non; j'ai du courage! Parle ! parle! Qui que tu sois, je sais
d'avance que tu es plus malheureux que coupable.

— Tu le veux!

— Il le faut, répondit-elle avec une sorte d'énergie, comme si elle eût été certaine que sa passion sortirait victorieuse de cette épreuve.

— Eh bien ! je suis Rinaldo Rinaldini !

A ce nom, elle tressaillit comme si elle eût été frappée par une commotion galvanique. Elle jeta sur son amant des regards effarés; elle devint d'une pâleur livide. Puis, après être restée un instant droite et immobile comme une statue de marbre, elle poussa un grand cri et tomba sans connaissance.

Rinaldo appela du secours; tous les domestiques du château accoururent; on transporta la comtesse dans son appartement, et elle passa toute la nuit dans le délire.

Le lendemain, notre héros ayant appris qu'elle était plus calme et que la crise qu'elle avait subie n'aurait pas de suites fâcheuses, lui écrivit un billet ainsi conçu :

« Vous m'avez dit hier : Qui que tu sois, je
« sais d'avance que tu es plus malheureux
« que coupable..... Plaignez-moi.

« Adieu pour toujours! »

Puis il ordonna à Ludovico de seller leurs
chevaux, et ils quittèrent le château en toute
hâte.

Ils voyagèrent sans accident pendant deux
jours, Rinaldo triste, rêveur, profondément
affligé de la révélation terrible qui l'avait forcé
de quitter le château de la comtesse, et Ludovico n'osant pas troubler les méditations de
son capitaine.

Le troisième jour, comme ils traversaient
une forêt, ils entendirent tout-à-coup à
peu de distance de grands cris et quelques coups de feu. Ils piquèrent des deux et

ne tardèrent pas à apercevoir une voiture
de voyage entourée de sept à huit bandits qui déjà commençaient à dételer les
chevaux.

Sans plus attendre, nos deux aventuriers
tombèrent sur les brigands comme la foudre,
et cette attaque fut si imprévue et si vigou-
reuse, que ceux des bandits qui échappèrent
aux balles ou aux sabres des nouveaux venus,
s'enfuirent dans le bois et disparurent. Mais
alors quelle fut la surprise de Rinaldo, lorsque dans les propriétaires de la voiture, il
reconnut le baron de Dénongo et la belle
Laure sa fille.

Il faut renoncer à peindre la joie des deux
voyageurs lorsqu'ils virent qu'ils devaient
leur délivrance à un ancien ami. Ils supplie-
rent le chevalier de la Cinthra de les accompagner jusqu'à leur château, où ils se rendaient

lorsqu'ils avaient été arrêtés. Après quelques instants d'hésitation, le chevalier, qui pourtant avait à cœur de s'éloigner le plus vite possible du voisinage de la comtesse, y consentit et l'on se mit en marche.

D'après ce qui précède, on peut voir que maître Rinaldo avait de la peine à résister à l'attrait de deux beaux yeux. Ce fut là sans doute ce qui contribua beaucoup à le faire céder aux instances du baron et de Laure ; il crut peut-être que cette jeune fille était encore une conquête que le sort lui ménageait.

Sa fatuité, si souvent triomphante ailleurs, était d'avance flattée d'un tel succès ; malheureusement pour lui il se trompait.

Au bout de quelques jours, il ne tarda pas à s'apercevoir qu'il n'était nullement l'objet des rêveries de Laure, rêveries qu'il avait observées, et il put se convaincre qu'un jeune secrétaire du baron causait tous les soupirs de sa fille et était déjà parfaitement dans ces bonnes grâces.

Un jour qu'il était fort incertain du parti qu'il devait prendre ; devait-il rester ou partir ? Rester , dans quel but ? Partir ! où aller ? Un jour donc qu'en réfléchissant à tout cela il s'était, pendant une promenade, un peu éloigné du château, il se trouva tout-à-coup dans une vallée charmante arrosée par un ruisseau. Quoiqu'il eût souvent fait des courses aux environs, cette vallée lui était tout-à-fait inconnue. Il s'assit au pied d'un arbre, et cédant à la chaleur du jour, il ne tarda pas à s'endormir. Quand il se réveilla, il aperçut à quelques pas de lui , assis sur une pierre, un homme dont le costume singulier attira toute son attention.

Cet homme, dont les cheveux et la barbe

étaient d'une blancheur éblouissante, portait une longue tunique couleur bleu de ciel. Une ceinture, couleur de feu , lui serrait la taille. Ses bras sortaient du vêtement blanc qu'il portait sous sa tunique, et ses jambes nues étaient entourées de rubans rouges qui assujétissaient à ses pieds de larges sandales.

Quand cet homme vit notre héros réveillé :

— Tu es bien imprudent, lui dit-il, de dormir ainsi dans cette prairie où vivent tant d'animaux venimeux. Regarde !

Rinaldo jeta les yeux dans la direction que le vieillard lui indiquait et recula d'horreur à l'aspect d'un serpent mort qui gisait sur le gazon à quelques pas de lui.

— Qui donc m'a sauvé, demanda Rinaldo.

— Nous sommes seuls ici, demanda le vieillard en regardant autour de lui.

— Oui, vieillard ; mais j'ai des armes.

— Il est des paroles qui ont plus de puissance que les armes.

Rinaldo le considéra avec surprise; il crut avoir affaire à un fou.

— Qui es-tu donc, lui demanda-t-il

— Ce que tu peux être toi-même : un ami de la sagesse!

— Voilà, répondit Rinaldo en souriant, un mot dont je cherche depuis longtemps l'explication, et je ne l'ai encore trouvé nulle part.

Notre héros se repentit bientôt de ces paroles, car il les eut à peine prononcées que le vieillard se lança à perte de vue dans des dissertations philosophiques telles, que pour le suivre, Rinaldo fut obligé de faire des efforts d'imagination inouïs.

— Si cet homme n'est pas fou, se disait-il, que peut-il être?

Enfin, ce singulier vieillard se leva et se disposa à partir.

— Où vas-tu donc? lui demanda Rinaldo.

— Dans le vallon que j'habite. Si jamais il te prend fantaisie de m'y rendre visite, tu seras le bien venu.

— Où est situé ce vallon?

— Suis le cours de ce ruisseau. Lorsque tu seras près des montagnes, tu rencontreras mes élèves qui te conduiront près de moi; mais avant de nous séparer, je veux te rendre un service. Ouvre la tête de ce serpent, tu y trouveras une petite pierre verte que je te conseille de toujours porter. Grâce à

elle, les poisons n'auront aucune action sur
toi .

En parlant ainsi le vieillard s'éloigna.

Resté seul, notre héros hésita longtemps à
ouvrir la tête du serpent. Il rougissait d'ajou-
ter quelque créance à ce que lui avait dit le
bonhomme. Il se décida pourtant et trouva en
effet la pierre qui lui avait été indiquée.

Cette découverte le rendit tout pensif , et
quand il arriva à la porte du château il se de-
mandait pour la millième fois quel pouvait
être ce mystérieux vieillard.

Pendant la nuit suivante il dormit peu; le
souvenir de cette rencontre troublait son sommeil. A la pointe du jour, il se leva et reprit
le chemin de la vallée, bien décidé à aller
rendre visite à ce Pythagoricien de fraîche
date.

Il suivit le cours du ruisseau , et ne tarda

pas, en effet, à se trouver dans un chemin
creux, bordé de hautes montagnes. Il continua sa marche, et bientôt il arriva dans un rond-
point ombragé d'oliviers, au milieu duquel
s'élevaient trois colonnes chargées d'hiérogly-
phes; près d'elles se dressait un autel en-
richi d'un magnifique bas-relief, sur lequel
on lisait ces mots :

LIKA ZARABTALAM.

Rinaldo s'arrêta.

Il vit alors venir à lui un grand homme
maigre, vêtu d'une tunique blanche, tenant
à la main un bâton entouré de serpents
sculptés, et portant sur la tête une couronne
d'olivier.

Cet homme lui fit de profondes salutations

et se mit en devoir de lui donner l'explication des mots qu'il venait de lire; mais
Rinaldo n'était pas venu là pour causer avec
ce savant sur les profonds mystères de
la science hiéroglyphique; il l'interrompit
donc poliment et le pria de le conduire
auprès de son maître. Ils n'avaient pas fait
vingt pas qu'ils l'aperçurent. Notre héros courut à lui.

— Sois le bien venu, mon fils, lui dit le
vieillard qui le conduisit aussitôt dans un
vallon plus délicieux encore que celui dans
lequel il l'avait rencontré la veille.

— C'est ici que je demeure, dit-il alors.
Cette vallée se nomme la vallée de Frontéja;
c'est pour cela qu'on ne m'appelle que le
vieux de Frontéja.

Rinaldo se rappela alors et la lettre d'O-
lympia et les paroles du marquis de Romano.

Mais alors il eut un moment de peur; il luisem-
bla qu'il allait voir paraître sa maîtresse, le
marquis et le capitaine corse. Il ne savait plus
s'il devait continuer ou retourner sur ses pas;
il suivit cependant son guide.

Un instant après, comme ils étaient sur le
point d'arriver à l'habitation du vieillard, il
vit passer deux femmes voilées qui se tenaient
par la main.

— Quelles sont ces femmes, deman-
da-t il.

— Ce sont les filles de la sagesse, les prê-
tresses du temple de la nature et de la vérité.

Rinaldo se mordait les lèvres pour ne pas
rire.

La demeure du vieillard était une maison
fort simple, devant laquelle s'élevait un por-
tique qui la distinguait d'autres habitations

disséminées çà et là, et destinées aux écoliers
et aux écolières, puisqu'il y avait des élèves
des deux sexes.

Rinaldo fut introduit dans une grande
chambre meublée avec simplicité, dans laquelle une seule chose le frappa; c'était un
immense miroir d'or.

— Qu'est-ce là, demanda-t-il.

— C'est le miroir de la vérité, et il me dit,
qu'en ce moment, on est fort inquiet de toi au
château, d'où tu es sorti sans prévenir personne.

Pour le coup Rinaldo ne pouvait plus douter qu'il n'eût affaire à un sorcier; aussi n'en
eut-il que plus de peine à contenir son envie
de rire.

— Et pourrais-je, dit-il, lire moi-même
dans ce miroir?

— Regarde, répondit le vieillard en le tou-
chant aussitôt avec une baguette.

Cette fois Rinaldo n'eut plus envie de rire,
car il vit Laure et Ludovico, la physionomie
très inquiète,et il les entendit très-distinc-
tement se plaindre de son absence. Puis
Laure passa dans sa chambre, et bientôt
après le jeune secrétaire fut dans ses bras.

Épouvanté de ces révélations, il dit à ce
vieillard :

— Puisque ta science est si grande, me
connaîtrais-tu ?

— Pourquoi non.

Et Rinaldo, jetant de nouveau les yeux sur
le miroir, se vit lui-même dans les Apennins,
revêtu de son costume de brigand et assis près
de l'ermitage de Donato. Sans lui laisser le
temps de réfléchir, le vieillard lui montre le
prince Della Rocella, puis Aurélia dans sa

cellule, puis la comtesse de Martagno abreu-
vée de douleur, puis enfin une religieuse qui
était le portrait frappant de Rosalie.

— Rosalie! s'écria-t-il. Oh! vit-elle, vit-
elle encore ?

— Elle vit.

— La reverrai-je?

— Je l'ignore pour le moment, plus tard
peut-être je pourrai te répondre.

— Eh bien ! dit Rinaldo hors de lui, cache
ce miroir, ta magie m'épouvante.

— Tu vois, répondit le vieillard d'un ton
grave, jusqu'à quelle profondeur j'ai pénétré
la nuit des mystères. Maintenant, je veux te
faire voir les effets du célèbre KRATA REPOA;
je veux t'ouvrir le sanctuaire des Égyptiens.

En parlant ainsi, le vieux de Frontéja prit

notre héros par la main et le fit entrer dans une vaste salle au fond de laquelle on lisait cette inscription en lettres d'or sur un marbre noir :

KRATA REPOA.

Rinaldo ne savait plus où il en était. Tout ce qu'il voyait lui troublait la raison, et ces documents étranges se succédaient avec une telle rapidité qu'il n'avait pas même le temps de se demander s'il n'était pas lui-même devenu fou. Il prit place machinalement à côté du vieillard, et les mystères commencèrent.

Après une courte instruction préliminaire sur les secrets des Égyptiens, Rinaldo vit un initié parcourir tous les degrés de KRATA RE-POA. Alors seulement il comprit qu'il se trouvait au milieu d'une société dans le genre de l'association des Francs-Maçons, pour nous servir d'une expression qui soit à la portée de tout le monde, avec cette différence que les Frans Maçons vivent au milieu du monde, tandis que ceux-ci s'étaient retirés dans ce lieu désert pour s'y livrer sans contrainte à l'étude de leurs mystères et parodier l'antiquité dans ce qu'elle avait de grand, de sublime. Cette assurance l'eût tout-à-fait calmé, sans le souvenir du miroir magique et des incroyables révélations qu'il y avait lues.

La cérémonie dura longtemps. Quand elle fut terminée, Rinaldo songea à prendre congé de son hôte :

— Pars, mon fils, lui dit le vieillard, retourne au château ; ta présence y sera nécessaire cette nuit. Pense quelquefois au vieux de Frontéja.

— Encore une prophétie, se dit Rinaldo en s'éloignant en toute hâte ; je suis curieux de voir si elle s'accomplira.

LIVRE SIXIÈME.

VI.

En arrivant au château, Rinaldo trouva
tout le monde très-inquiet de son absence. Le vieillard ne l'avait donc pas trompé.
Il rassura ses amis, sans toutefois leur dire
comment il avait passé son temps, et il se
hâta de regagner sa chambre, car il avait be-

soin d'être seul pour se remettre des émotions de cette journée.

Il était minuit et il n'avait pas encore songé à se mettre au lit, lorsqu'il fut arraché à ses réflexions par un bruit horrible, dans lequel se confondaient des cliquetis d'épées, des cris affreux, les aboiements des chiens et de nombreux coups de fusil.

Il sauta sur ses armes et descendit dans la grande salle, où il trouva Laure et son père à moitié morts de frayeur, et entourés d'une foule de femmes qui poussaient des cris lamentables.

— Qu'y a-t-il donc? demanda Rinaldo.

— Nous sommes attaqués par des brigands, répondit le baron, d'une voix halletante. Ils ont envahi le château, nous sommes perdus!

Au même instant il vit paraître Ludovico

qui, le sabre à la main, criait aux gens du château :

— Courage! mes amis! défendons l'entrée de cette salle.

Les brigands montaient l'escalier. Le moment était critique. Rinaldo vit bien qu'il n'y avait pas à hésiter. Il s'élança vers la porte et cria aux brigands d'une voix tonnante ;

— Arrêtez! je vous l'ordonne.

— Qui ose ici nous donner des ordres, répondit le chef des bandits. — Toi? tiens! voilà comme je sais obéir.

Et il porta à Rinaldo un coup furieux que celui-ci para avec une adresse incroyable, en criant de nouveau :

— Je vous défends de faire un pas de plus !

Tout interdit du sang-froid et du ton d'autorité que prenait cet inconnu, le chef des bandits le considéra un instant en silence, puis il lui demanda d'une voix presque crain-tive :

— Qui donc es-tu?

Rinaldo ne pouvait plus garder son secret, où c'en était fait du baron et de sa fille. Il répondit d'un ton ferme :

— Je suis Rinaldo Rinaldini!

— Toi! s'écria un des brigands. C'est im-possible! J'ai servi sous ses ordres et je le connais

— Regarde-moi donc!

Rinaldo s'étant placé de façon que la lueur d'une torche éclairât son visage, le brigand n'eut pas plutôt jeté les yeux sur lui, qu'il s'écria avec l'accent de la plus grande sur-prise :

— Le capitaine !

— Toi, ici, mon brave Néro, répondit Rinaldo.

— Ainsi, cet homme est bien Rinaldo Rinaldini? ajouta le chef des bandits.

— Sur mon âme! en douteriez-vous quand je l'affirme ? s'écria Néro ivre de joie et d'orgueil. A genoux! et inclinez-vous devant notre maître à tous.

Il se fit un grand silence. Les brigands hésitaient, car ils voyaient une riche proie leur échapper. Mais comment résister à l'ascendant du seul nom de Rinaldo Rinaldini? Leur chef s'approcha du capitaine, et lui dit :

— Parle, ordonne! maintenant nous sommes prêts à t'obéir.

— Vous allez quitter ce château à l'instant même, répondit Rinaldo, et vous allez me jurer de ne jamais rien entreprendre contre le baron de Dénongo et ses propriétés.

—Tes ordres vont être exécutés, dit le chef des bandits. Nous devons nous soumettre à Rinaldo Rinaldini. Cependant nous sommes sans ressources. Nous n'avons ni argent, ni provisions; mais si tu voulais venir avec nous, nous partirions d'ici joyeux, car nous serions sûrs pour l'avenir du succès de toutes nos expéditions. J'ai ici avec moi cent hommes de résolution. Je suis prêt à t'en céder le commandement.

Cette proposition fut acceuillie par des hourras unanimes.

— Vive Luigino, notre chef! s'écrièrent tous les brigands. Vive Rinaldo Rinaldini!

Notre héros baissa la tête en silence. Allait-il donc être obligé de recommencer l'infâme

métier qu'il croyait avoir quitté pour toujours? Les brigands attendaient avec la plus
vive impatience qu'il se prononçât; ils ne se
sentaient pas d'aise à la seule pensée qu'ils
pourraient avoir à leur tête cet homme, la
terreur de l'Italie. De leur côté, le baron,
Laure et tous les gens du château, morts d'é-
pouvante, adressaient au ciel de ferventes
prières.

— Je ne puis prendre aucune résolution
pour l'instant, répondit enfin Rinaldo. Mais
si jamais je me décide à te rejoindre,
je saurai bien te retrouver. En attendant,
comme il n'est pas juste que vous mouriez de
faim dans ces forêts, monsieur le baron, qui
est la générosité même, ne refusera pas de
vous donner quelques secours.

— Comment donc! s'écria le baron, heureux d'en être quitte à si bon marché; c'est

avec le plus grand plaisir.

Rinaldo sortit de la salle avec le baron et rentra presque aussitôt, apportant une cassettepleine d'or, qu'ilremit à Luigino.

— Merci, capitaine, s'écria celui-ci. Souviens-toi de nos offres, et sache que tu seras toujours le bien-venu parmi nous.

Puis les brigands s'éloignèrent aux cris mille fois répétés de : vive Rinaldo Rinaldini!

Après leur départ, Rinaldo fit éloigner tout le monde, et demeura seul avec le baron, Laure et le jeune secrétaire.

— Vous venez d'apprendre, leur dit-il, le plus grand de mes secrets. Tous vos gens le savent comme vous, je ne puis donc plus rester ici.

— Oh! nous n'oublierons jamais le service que vous nous avez rendu, s'écria le baron.

—S'il en est ainsi, répondit Rinaldo, je vais mettre de suite votre reconnaissance à l'épreuve.

— Oh ! parlez, parlez.

— Me jurez-vous de m'accorder ce que je vais vous demander.

— Quoi que ce soit, je vous le jure.

— Eh bien ! votre fille aime ce jeune secrétaire. Unissez-les et je partirai content, parce que je serai certain de ne laisser ici que des heureux.

— Le baron ouvrit d'abord de grands yeux ; certes, il ne s'attendait pas à une pareille proposition. Sa fille se jeta dans ses bras en pleurant. Le capitaine lui rappela sa parole et il finit par céder. On se sépara, et au point du jour notre héros partit accompagné de Ludovico et de Néro.

Vers le soir ils s'arrêtèrent à la porte d'une

auberge isolée. L'hôte vint à leur rencontre ;
il leur dit que son auberge était pleine et
qu'il pourrait difficilement les loger ; qu'à
l'instant même ses dernières chambres venaient d'être retenues par un cavalier et une
dame qui arrivaient dans une calèche de
voyage. Rinaldo répondit qu'il se contente-
rait de la plus petite place; il entra dans la
cour et mit pied à terre. La première chose qui le
frappa fut la voiture dont on lui avait parlé ;
mais quelle ne fut pas sa surprise lorsqu'il en
vit descendre Olympia à qui le vieux capitaine corse donnait la main. Celui-ci n'eut pas
plutôt aperçu Rinaldo qu'il lui cria :

— Ah ! brigand ! je te retrouve donc encore !

Et tirant ces pistolets de sa ceinture, il fit
feu sur lui en criant de toutes ses forces :

— Au secours ! fermez toutes les portes.

Arrêtez ces hommes! l'un d'eux est Rinaldo
Rinaldini.

Comme on l'a dit, l'auberge était pleine.
Au bruit de la détonation et aux cris du
Corse, l'hôte, ses valets, ceux du vieux capitaine et tous les voyageurs s'élancèrent dans
la cour. Tous s'armèrent de fourches, de
haches, de sabres et tombèrent sur nos aventuriers. Un valet, plus habile que les autres,
ayant voulu fermer la grande porte, Néro,
qui heureusement était resté à cheval, lui
brûla la cervelle et se sauva à toute bride.
Rinaldo et Ludovico se défendirent comme
des lions; mais accablés par le nombre, ils
furent terrassés, liés, garrottés et enfermés
dans une chambre sous bonne garde. Le lendemain on devait les conduire en triomphe
au juge criminel de la ville voisine.

Nos deux brigands causèrent longtemps en-

semble, en se servant d'un langage que personne ne comprenait. Rinaldo cherchait
toujours à ranimer le courage de Ludovico,
qui, n'ayant pas son énergie, était complète-
ment abattu. Enfin, épuisés de fatigue, ils
s'endormirent.

Peu de temps après, ils furent éveillés par
un léger bruit. Ils ouvrirent les yeux, et virent dans cette chambre, qui leur servait de
prison, deux hommes armés de poignards, et
tout couverts du sang de leurs gardiens égorgés.

— Qui êtes-vous donc? demanda Rinaldo.

— Silence, capitaine! répondit une voix.
Nous venons vous sauver.

— Néro!

— Oui, c'est moi! Au lieu de rester pour
faire le coup de sabre avec vous, ce qui était

parfaitement inutile, je me suis sauvé, et j'ai
couru jusqu'aux avant-postes de Luigino. Je
l'ai fait prévenir du danger que vous couriez,
et je suis venu en avant avec douze hommes.
Dans un instant Luigino sera ici avec toute
sa bande. Nous nous sommes introduits sans
bruit dans l'auberge, et ce brave garçon et
moi, nous sommes montés ici où vous pouvez voir que nous avons fait bonne besogne.

En parlant ainsi, Néro se mit en devoir de
couper les liens qui garrottaient les prisonniers, après quoi ils descendirent tous les
quatre dans la cour de l'auberge, rejoindre
le reste de la troupe.

Le premier soin de nos bandits fut d'ouvrir les écuries et d'en tirer tous les chevaux
qu'ils sellèrent. Mais cette opération fit du
bruit; l'alarme se répandit, et bientôt tous les
voyageurs se trouvèrent réunis dans la salle

basse. Mais en même temps, de grands coups frappés à la porte de la cour annoncèrent l'arrivée de Luigino. La porte vola en éclats, et l'auberge fut au pouvoir des brigands. Inutile de dire qu'elle fut pillée, et les voyageurs égorgés. Quand les brigands en sortirent, ils étaient chargés de butin, et pour couronner l'œuvre ils y mirent le feu. Olympia à qui Rinaldo offrit la liberté, préféra le suivre; quant au vieux Corse, Ludovico en débarrassa pour jamais son maître en le faisant fusiller.

Chemin faisant, nos brigands rencontrèrent une religieuse dans laquelle Rinaldo reconnut Rosalie.

On peut juger de la joie de ces deux amants à cette rencontre si imprévue. Après avoir parcouru toute l'Italie, elle s'était enfin rendue en Sicile où une sorte de pressentiment lui disait qu'elle retrouverait l'objet de tous ses vœux et de toutes ses espérances.

Notre héros se trouva donc fort embarrassé avec deux femmes sur les bras. Olympia n'était pas celle qui le gênait le plus Elle était avant tout philosophe. Mais Rosalie, avec son amour toujours constant, toujours fidèle, s'accommoderait-elle d'un partage? D'un autre côté, Rinaldo resterait-il donc avec ces brigands ? Un hasard l'avait jeté au milieu d'eux; mais ne lui restait-il donc aucun moyen de briser pour jamais avec sa vie passée? Luigino lui avait offert le commandement de sa bande, il avait refusé; mais pouvait-il quitter sans motif ceux qui venaient de le sauver? Et ces brigands comprendraient-ils ses scrupules? Notre héros était donc dans une situation fort embarrassante, et ne savait comment en sortir, quand encore une fois, le hasard lui vint en aide.

Toute la bande était à peine réunie au camp depuis deux heures, lorsque les sentinelles vinrent annoncer qu'on était cerné de toutes parts. Le danger était pressant. On tint conseil, et il fut décidé que Rinaldo, avec une douzaine d'hommes, attirerait l'ennemi sur un seul point, pour faciliter le passage de Luigino qui conduirait le gros de la troupe avec les femmes et les bagages. Rinaldo espérait bien ne jamais rejoindre son nouveau complice.

Ce qu'il avait prévu arriva. Les milices, trompées par cette manœuvre, tombèrent sur la poignée d'hommes qu'il commandait et qui, en se retirant toujours, leur fit laisser les passages libres, ce qui facilita la fuite de Luigino. Mais dans cette espèce de retraite , Rinaldo avait perdu beaucoup de monde, et lorsqu'il fut en lieu de sûreté, il n'avait plus avec lui que cinq hommes au nombre desquels étaient Néro et Ludovico. Alors il songea à se débarrasser des autres. Ils voulaient partir sur-le-champ, pour rejoindre la bande. Rinaldo combattit cette opinion. On ne put tomber d'accord et ils partirent. C'est ce que voulait le capitaine.

Rinaldo, Néro et Ludovico se remirent donc en route. Le but de notre héros était de quitter la Sicile, de retourner dans les Apennins pour y déterrer les trésors qu'il y avait cachés, d'indemniser ses deux amis et de partir pour le Nouveau-Monde. C'étaient là de très-beaux projets; malheureusement le sort en décida autrement.

Après une demi-journée de marche, ils ar-

rivèrent sur une hauteur, d'où l'on apercevait les tours d'un vieux château.

— Est-ce que je rêve, s'écria Rinaldo. Mais
non! c'est là le château de la comtesse.

Ludovico, plus surpris encore que son maître, le reconnut aussitôt. Notre héros ne put
résister à la tentation de savoir si la comtesse
y était encore. Ludovico s'offrit pour aller
s'en assurer et partit. Rinaldo et Néro se di-
rigèrent alors vers une maison qu'ils avaient
aperçue à peu de distance et dans laquelle ils
comptaient attendre le retour de Ludovico.
Mais qu'on juge de leur surprise, lorsqu'en
approchant ils reconnurent sur le seuil de
cette demeure Cinthio revêtu du costume des
paysans du pays.

Les deux amis tombèrent dans les bras l'un
de l'autre, et il se passa beaucoup de temps avant
que la joie de se revoir leur permît de s'expli-

quer la cause de cette singulière rencontre.
Enfin, après mille questions et mille réponses, Rinaldo ayant raconté ce qui lui était arrivé depuis leur séparation , Cinthio fit à son
tour le récit de ses aventures :

— Après l'affaire dans laquelle nous avons
éte si bien battus dans la Calabre, dit-il, je me
sauvai blessé , et, après avoir erré pendant
quelque temps dans les bois, je fus assez heureux pour rencontrer un vénérable ermite
qui me donna l'hospitalité. Quand je fus
guéri, cet homme m'avait inspiré tant de confiance, il avait eu tant de soin de moi, que je
lui avouai franchement qui j'étais. Il me fit
alors tant et tant d'exhortations que je me
laisai persuader et que je lui promis de me
retirer dans un cloître.

— Bien imaginé, s'écria Rinaldo en riant.

— Il me donna donc, continua Cinthio, une lettre pour le supérieur d'un couvent situé à peu de distance, et je me mis en route. Mais pour mon malheur, je rencontrai, chemin faisant, cinq ou six de mes camarades qui, comme moi, s'étaient échappés et qui s'étaient associés à une demi-douzaine de vauriens de leur espèce, avec lesquels ils avaient recommencé le métier. Ils me proposèrent de me mettre à leur tête, et la tentation fut si forte que je ne pus pas refuser. Nos premières expéditions furent assez heureuses; ma bande s'augmentait de jour en jour, et je voyais le moment où je pourrais travailler en grand, lorsque dans une tentative contre un couvent, nous fûmes reçus si bravement par les moines, qui, se doutant de nos projets, s'étaient fait renforcer par des milices, que nous fûmes dispersés. Je parvins à m'échapper et je gagna

la côte. J'étais seul. Là je trouvai un bon coup
à faire. Je rencontrai dans une auberge un
honnête marchand romain qui se rendait à
Malte avec une cassette qu'à son poids je ju-
geai digne de mon attention. Je volai la cassette et je m'embarquai à la place de son pro-
priétaire, que je laissai dans sa chambre parfaitement garrotté.

—Bravo! s'écria Rinaldo. Ah! bravissimo!
je te reconnais là.

— Je ne m'étais pas trompé, poursuivit
Cinthio. La cassette était pleine d'or. Le navire que je montais toucha à Messine. Je dé-
barquai et je me mis à parcourir le pays sans
but, lorsqu'un jour en traversant ces forêts,
je rencontrai une jeune fille dont les beaux
yeux fixèrent mes incertitudes. C'était la fille
d'un garde des environs. Nous fûmes bientôt

d'accord, et je résolus de vivre près d'elle.
J'achetai cette maison, et depuis je ne l'ai pas
quittée. Chaque jour ma belle et chère Eugénie vient me voir. Je suis le plus heureux
des hommes.

Ils furent interrompus par l'arrivée de la
jeune fille, et Rinaldo put se convaincre qu'il
n'y avait pas d'exagération dans le portrait
que son ami lui en avait fait.

Elle fut d'abord toute interdite de la présence de ces étrangers. Cinthio les lui présenta comme des amis que le hasard lui avait
envoyés. Mais comme sa physionomie trahis-
sait la plus vive inquiétude :

— Qu'as-tu donc ? lui demanda-t-il.

— J'ai... répondit-elle, que nous sommes
perdus.

— Perdus !

— Tu as entendu parler du fameux chef de brigands Rinaldo Rinaldini?

— Sans doute! après?

— Eh bien! il est ici.

— Ici ?

— Dans les environs.

— C'est impossible!

— C'est certain! Hier nos soldats ont attaqué sa bande, on le poursuit, et nos milices et tous les gardes de la forêt ont reçu l'ordre de se réunir pour marcher sur ses traces. Mon père dit que le moment est arrivé de te mettre à l'épreuve; il faut que tu ailles à sa place combattre les brigands. Je te connais, tu es brave, tu vas accepter, et s'ils te tuent que deviendrai-je ?

La jeune fille se mit à fondre en larmes.

— Rassurez-vous, ma belle enfant, répondit Rinaldo, et ne pleurez pas. Puisque votre père veut que quelqu'un combatte pour lui, je partirai à sa place et mon ami restera près de vous.

— Oh! Monsieur, que vous êtes bon, s'écria la jeune fille, en sautant de joie.

—Non! non! se hâta de dire Cinthio, je ne veux pas passer dans le pays pour un lâche. Et toi même, tu ne m'aimerais plus, ma chère Eugénie! c'est moi qui dois combattre les brigands.

Un coup de feu retentit à peu de distance. Ils sautèrent tous trois sur leurs armes et s'élancèrent au-dehors.

LIVRE SEPTIÈME.

VII.

Le coup de feu qu'avaient entendu nos trois aventuriers n'était qu'une alerte. Iis rentrèrent dans la maison et prirent toutes les précautions nécessaires en cas de surprise.

Ce qui inquiétait surtout Rinaldo, c'était de ne pas voir revenir Ludovico. Il envoya

Néro à sa recherche et Néro rentra sans l'avoir trouvé. Le lendemain il voulut y aller lui-même, et pour cela il se dirigea vers des ruines qui le séparaient du château. Il y était à peine arrivé, qu'il entendit des coups de feu se succéder rapidement à peu de distance, et bientôt quelques hommes de la bande de Luigino, qui fuyaient devant les milices, accoururent vers les ruines pour y chercher un asile.

En ce moment sa prudence ordinaire l'abandonna. Rinaldo ne vit que le danger que couraient ces malheureux, et prompt comme l'éclair il s'élança à leur secours.

Cette générosité lui fut fatale. Accablé par le nombre, il succomba et fut fait prisonnier après des prodiges de valeur.

Les soldats, fiers de leur conquête, se mirent en marche et arrivèrent le soir à Sar-

dona, où on le jeta dans un cachot en lui disant que le lendemain on partirait pour Messine.

Resté seul, notre héros se mit à réfléchir
sur sa position. Il n'avait nul espoir d'être se-
couru, et par conséquent sa perte était certaine. Depuis qu'il avait quitté les Apennins,
il avait eu le projet bien arrêté de renoncer à
sa vie errante. Vivre dans le monde, était devenu le but constant de toutes ses pensées;
mais une incroyable fatalité s'était sans cesse
acharnée après lui. Il en était donc venu à res-
sentir un profond dégoût pour toutes les cho-
ses d'ici-bas; mais comme il était doué d'une
grande force d'âme, cette fois encore, il accepta son sort avec résignation.

— J'ai assez vécu, se dit-il; que ferais-je
plus longtemps sur cette terre? Tôt ou tard
il fallait que cela arrivât. C'était une desti-

née; sachons donc mourir, et montrons-nous jusqu'à la fin digne de notre réputation.....
Et en attendant dormons si c'est possible.

Il s'endormit en effet.

Il était environ minuit lorsque la porte de sa prison s'ouvrit. Le grincement des gonds le réveilla; une vive lumière éclaira le cachot et il vit entrer le vieux de Frontéja.

— Toi ici, vieillard, s'écria-t-il; comment as-tu pu pénétrer dans ce cachot?

— Les murailles ne s'ouvrent-elles pas à ma voix!

— Trève de railleries; je ne suis pas d'humeur à les entendre. Que veux-tu?

— Je viens te sauver.

Rinaldo le regarda un instant en silence, et, comme il restait debout, immobile devant lui :

— Si tu viens me sauver, répondit-il, hâte-toi donc de briser mes chaînes, au lieu de te tenir là comme une statue.

— C'est que je mets à ta liberté une condition.

— Dans quel but viens-tu donc me sauver?

— Parce que j'ai besoin de toi pour l'exécution de mes vastes projets.

— Et quelle est cette condition?

— C'est que désormais tu seras des nôtres, c'est que tu te livreras à moi corps et âme.

— Jamais! s'écria fièrement Rinaldo. Au milieu de la fange dans laquelle j'ai vécu jusqu'alors, il est resté une perle : l'indépendance de l'âme! et ce précieux trésor je veux le conserver jusqu'au bout.

— Pauvre fou, répondit le vieillard en souriant amèrement. Pauvre insensé, qui se croit libre. Mais depuis que tu existes tu es une machine que je fais mouvoir à mon gré; j'ai toujours été près de toi, et tu n'as jamais agi que par mon influence.

Rinaldo était stupéfait, cependant il sut garder son sang-froid, et répliqua avec assurance :

— Puisqu'il en est ainsi, pourquoi exiges-tu de moi une promesse dont tu n'as pas besoin ?

— Je ne t'accorde pas le droit de m'interroger.

— Et moi, je suis bien sot de t'écouter.

Et il lui tourna le dos.

— Ainsi, tu refuses ? ajoute le vieillard, après un instant d'attente.

Rinaldo ne répondit pas.

— Adieu donc ! et puisses-tu ne pas te repentir d'avoir repoussé mes offres !

Lorsqu'un homme doué d'une grande énergie a pris une résolution, toute contrariété

l'irrite. Le vieux de Frontéja inspirait déjà peu
de confiance au capitaine, et, en le voyant dans
son cachot, toutes les jongleries dont il avait
été témoin, lui revinrent à la pensée.

— Je ne suis fait pour obéir à personne,
s'était dit Rinaldo, et moins à lui qu'à tout
autre.

Ce fut donc autant par orgueil que par dégoût de la vie qu'il refusa de souscrire à ses
conditions.

Le lendemain, au point du jour, on le tira
de son cachot, on le fit monter dans une voiture hermétiquement fermée, et le cortége
se mit en route.

Encore une heure de marche et c'en était
fait ! On arrivait à Messine où, une fois entre
les mains du grand juge criminel, Rinaldo
n'avait plus rien à espérer. Le jour commençait à baisser, le cortége traversait alors un

vallon étroit, et venait de s'engager dans un
chemin creux en si mauvais état, que la
voiture n'avançait qu'avec peine, lorsque tout-
à-coup des coups de feu vinrent rendre quelque
espoir au prisonnier. A en juger par la rapidité des détonations, il jugea que le combat
devait être acharné. Enfin, après une grande
demi-heure d'angoisse, il vit s'ouvrir la por-
tière de la voiture, des hommes masqués lui
firent signe de monter à cheval, et tous partirent au galop.

Ils s'enfoncèrent dans les montagnes et
marchèrent toute la nuit, Rinaldo obéissant
presque machinalement à l'instinct de la conser-
vation et ses guides toujours restant silencieux.
Enfin, comme le jour allait paraître, ils s'arrêtèrent dans une clairière. Là, on donna à
Rinaldo une valise et des armes, puis celui
qui commandait cette expédition lui fit signe

de rester en donnant à ses hommes le signal du départ. Un instant après, Rinaldo était seul, assez incertain de ce qu'il allait devenir et surtout très-intrigué de savoir à qui il devait sa délivrance.

Grâce à la valise qu'on lui avait laissée, il commença par réparer le désordre de ses vêtements, après quoi il prit le premier sentier qui s'offrit à lui, et marcha à l'aventure.

Bientôt il rencontra un homme qui, en le voyant, courut à lui et lui dit :

— Le vieux de Frontéja te fait saluer et t'engage à me suivre.

Malgré sa répugnance, Rinaldo suivit cet homme qui s'enfonça dans un taillis au-delà duquel était une chaumière, et devant celle-ci, notre héros fut fort étonné de voir Olmypia.

— Toi, ici, ma chère Olympia, s'écria-t-il.

— Oui, je t'attendais, répondit elle, tu as été sauvé par nous, et le vieux de Frontéja m'a envoyée près de toi pour te faire connaître une partie de ses projets. Il sait combien je t'aime, et il espère que mon amour aura plus de puissance sur toi que son austérité.

—Mais je t'avais laissée auprès de Luigino.

— Et qui te dit que Luigino et le vieux de Frontéja ne soient pas d'accord.

Rinaldo croyait rêver.

— Comte, répondit Olympia, la Corse est au pouvoir des Génois. Tous ici nous rêvons sa liberté, parce que tous nous sommes ses enfants.

— Eh quoi! le vieux de Frontéja...

—Est Corse, comme moi, comme Luigino. Des préparatifs immenses ont été faits pour opérer une descente dans cette île. Tout est prêt! A notre arrivée, de nombreux partisans nous tendront les bras, et nous comptons sur toi pour diriger cette expédition. Si cette offre te séduit, si tu consens à nous seconder, si la gloire a quelque prix pour toi, nous te donnons les moyens d'échanger ton titre de chef de brigands contre celui de libérateur du peuple esclave.

Pendant qu'elle parlait, Rinaldo se sentait comme transporté dans un monde inconnu. Un horizon nouveau s'ouvrait devant lui, et il lui semblait avoir des bornes infinies que son regard ne pourrait jamais atteindre. Ses prunelles étincelaient d'un feu extraordinaire. Sa bouche frémissante murmurait des mots inconnus. Gloire! honneur! tout ce que peut rêver l'ambition d'un homme, il pourrait l'avoir en partage! Lui qui jusque là n'avait été qu'un objet d'horreur et de réprobation, il pourrait obtenir l'estime et mériter l'admiration de tout un peuple! son âme s'exaltait dans des élans sublimes.

— Oh! j'accepte, s'écria-t-il enfin. Si tu dis vrai, si cette conspiration existe en effet, et qu'on veuille m'en nommer le chef, oh! sois sûre que je ne faillirai pas à ma tâche. Merci, merci à vous tous. Je pourrai donc enfin me réhabiliter aux yeux du monde!

La passion qu'il avait eue jadis pour Olympia, se réveilla soudain plus forte que jamais.

Vers le soir, un messager lui apporta une lettre du vieux de Frontéja, qui lui disait :

« Tu étais nécessaire à l'exécution de mes
« projets, aussi t'ai-je sauvé. Olympia a dû
« te dire ce que nous attendons de toi. Si je
« t'écris, c'est pour t'affirmer ce qu'elle t'a

« proposé en mon nom. Tu acceptes, je n'en
« doute pas. A bientôt donc! Courage, et
« bon espoir! »

Il voulut répondre de suite au vieillard,
mais le messager avait marché tout le jour
et ne pouvait repartir que le lendemain matin.
Il remit donc sa réponse à ce jour-là.

Epuisé par les émotions de la nuit précédente et de cette journée si fertile en événements, notre héros se retira de bonne heure
dans une chambre qu'on lui avait préparée.
Il se mit au lit, mais il ne put dormir. Son
cerveau était en feu. Il ressentait une sorte
de fièvre morale dont il ne pouvait pas
triompher. Enfin, il sortit et se promena
longtemps dans les sentiers de la forêt.
Quand il rentra, toujours préoccupé de l'avenir glorieux qu'Olympia lui avait fait entre-
voir, il voulut l'entretenir de ses projets, et,

dans ses bras, mêler à ses doux propos d'a-
mour, les beaux rêves de sa gloire future. Il
se décida donc à aller la reveiller.

Il ouvre la porte de sa chambre, mais
quel spectacle s'offre à lui! La belle Olympia, sa maîtresse, dormait paisiblement dans
les bras du messager qui lui avait apporté la
lettre du vieux de Frontéja.

Dans le premier moment, Rinaldo eut un
tel accès de fureur que s'il eût eu son épée,
il eut envoyé ces deux amants dormir en
compagnie dans l'autre monde. Mais ce ne
fut qu'un éclair. Il se calma soudain et se dit
en souriant amèrement :

— J'étais sa dupe, j'étais leur dupe à tous !
Infamie !

Il sortit sans les éveiller, rentra dans sa
chambre, prit ses armes et s'éloigna à grands.

pas de cette maison maudite, en disant :

— Adieu pour jamais !

Après une journée de marche rapide, il arriva comme la nuit tombait, près d'un château à la porte duquel il frappa.

— Qui êtes-vous ? lui demanda le gardien.

— Je me suis égaré à la chasse, répondit Rinaldo. Le hasard m'a conduit ici, et j'ai pensé qu'on ne me refuserait pas, dans ce château, l'hospitalité pour la nuit.

— Ma maîtresse est absente, et...

— Son nom ? je la connais peut-être.

— C'est la comtesse de Martagno.

— La comtesse de Martagno ! et vous dites qu'elle est absente...

— Il n'y a ici qu'une de ses amies, la signora Violetta.

— Violetta ici ! Oh ! elle me recevra ! Annoncez le chevalier de la Cinthra.

Dès que Violetta sut l'arrivée du capitaine, elle courut à sa rencontre et lui témoigna vivement la joie qu'elle éprouvait de le revoir. Avant tout, Rinaldo lui demanda des nouvelles de la comtesse, et il sut que, depuis leur séparation, elle s'était enfermée dans ce château d'où elle n'était pas sortie. Restée longtemps et dangereusement malade, elle s'était guérie néanmoins; mais elle avait conservé une tristesse mortelle que rien ne pouvait distraire.

Rinaldo pria Violetta d'annoncer à la comtesse sa présence dans le château. Celle-ci eut beaucoup de peine à s'y décider, car elle prévoyait les refus de son amie. Et en effet, lorsqu'elle revint, elle annonça à notre héros que son ancienne maîtresse avait obstinément refusé de le voir, et que la seule pensée de le savoir si près d'elle, lui avait occasionné une crise nerveuse terrible. Rinaldo était au désespoir. Enfin, Violetta le quitta en lui disant :

— A demain, nous serons peut-être plus heureux!

Comme il commençait à se déshabiller pour se mettre au lit, il crut entendre des pas dans le corridor sur lequel donnait la porte de sa chambre. Il écouta, les pas se rapprochèrent, bientôt la porte s'ouvrit et il vit entrer un homme de grande taille, maigre, ayant un masque sur le visage, sur la tête un capuchon, la ceinture serrée par une corde et les pieds nus. Cet espèce de fantôme se plaça devant lui, et lui dit d'une voix sombre :

— Je t'invite à paraître d'ici à vingt-quatre heures devant le tribunal des juges de la vé-

rité, des juges qui connaissent des crimes secrets, et dont aucun n'échappe à leur justice.
Si tu refuses de venir, on saura t'y con-
traindre.

— Et moi, reprit Rinaldo, qui s'était armé
d'un pistolet, si je ne craignais pas de réveiller les gens du château, je te brûlerais la
cervelle.

— Viendras-tu? répliqua froidement le
fantôme.

— Sors d'ici, misérable! s'écria le capitaine, ou je ne réponds plus de moi!

— Nous t'attendons, ajouta le fantôme.

— Et il s'éloigna. Rinaldo prit la lumière
courut sur ses traces, mais il trouva fermées toutes les portes du corridor, et ne
put comprendre comment cet homme était
entré, comment il était sorti. Il fut pendant

quelques instants assez préoccupé de cette aventure; puis enfin il se coucha et s'endormit.

Le lendemain à son réveil, il ne fut pas peu surpris de trouver sur un meuble, près de son lit, une lettre ainsi conçue :

« Quand vous lirez ces lignes, nous serons
« loin de vous. Quittez-vous-même le châ-
« teau, car si les juges de la vérité savaient
« vous y trouver, vous ne seriez pas long-
« temps en liberté. Adieu ! la comtesse vous
« fuit parce qu'elle vous aime toujours.
« Ayez pitié d'elle.

                    « VIOLETTA. »

La lecture de cette lettre produisit sur le capitaine une vive et douloureuse impression.

— Je lui fais horreur, se dit-il avec des larmes dans les yeux. Oh! malheur! malheur sur moi !

Il s'habilla, prit ses armes et quitta à la hâte cette demeure dans laquelle il avait ressenti une des émotions les plus pénibles qu'il eût éprouvée dans sa vie.

Il n'était pas à cent pas du château que l'homme noir qu'il avait vu la nuit précédente, parut tout-à-coup devant lui et lui dit encore :

— Nous t'attendons !

Pour toute réponse, Rinaldo arma son fusil, le coucha en joue et tira. Mais le coup ne partit pas, l'amorce seule prit feu et le fantôme se mit à rire.

Furieux, notre héros s'élança sur lui et le saisit à la gorge ; mais il se sentit tout-à-coup enlacé lui-même par des bras nerveux, et il fut jeté à terre avec tant de violence qu'il en perdit connaissance.

Quand il revint à lui, le fantôme avait disparu.

Il continua son chemin en suivant un étroit sentier dans lequel il trouva un homme étendu à terre, et tout meurtri. Cet homme en l'apercevant poussa un cri de joie :

— Dieu soit loué! mon capitaine, s'écria-t-il, je vous revois!

— Ludovico! s'écria Rinaldo. Est-ce possible! Dans quel état, mon Dieu!

En effet, le pauvre diable faisait peine à voir. Ses vêtements étaient en lambeaux; il avait la figure et les mains couvertes de meurtrissures, et il paraissait horriblement souffrir.

— Que t'est-il donc arrivé? lui demanda le capitaine.

— J'étais parti , répondit-il, pour me rendre au château de la comtesse. Comme

j'étais près d'y arriver, je vis tout-à-coup
paraître devant moi un grand homme noir
qui m'ordonna de comparaître devant le tribunal des juges de la vérité. Pour toute
réponse je lui envoyai sur les oreilles
un coup de bâton qui aurait dû l'assommer;
mais c'est moi au contraire qui faillit l'être.
Ce brigand se jeta sur moi, m'enleva comme
une plume, et, après m'avoir garotté les
pieds et les mains, me jeta sur son épaule et
me porta dans une chapelle en ruines qui n'est
pas éloignée d'ici. Bientôt une porte s'ouvrit
et trois coquins noirs et masqués comme le premier, se présentèrent à moi. Ils me dirent que
j'étais un scélérat, qu'ils voulaient bien ne pas
me faire pendre, mais qu'ils me condamnaient
à une longue pénitence. L'un d'eux sonna,
quatre autres de ces brigands vinrent me prendre et me conduisirent dans un cachot où ils me

flagellèrent jusqu'au sang, puis on me laissa seul; mais le lendemain il fallut recevoir la même correction et chaque jour je fus fouetté de la même manière. Mon dos n'est qu'une immense plaie. Enfin, ce matin, après m'avoir donné ma ration ordinaire, ils m'ont jeté à la porte. Je me suis traîné jusqu'ici, et je bénis le ciel de vous avoir rencontré; car je ne puis pas aller plus loin.

Rinaldo avait écouté son complice sans l'interrompre, mais il écumait de rage en pensant que c'était là le traitement qu'on aurait voulu lui faire subir à lui-même.

— Les misérables! s'écria-t-il. Oh! ils paieront cher le mal qu'ils t'ont fait. J'irai incendier leur repaire.

Il achevait à peine ces mots, que le grand homme noir parut de nouveau et lui dit d'une voix tonnante :

— Silence! Ne sais-tu pas que je puis t'é-
craser comme une fourmi.

Rinaldo furieux, s'élança sur lui, le poignard à la main, et le frappa en pleine poitrine. Mais l'arme rebondit sur elle même en
rendant un bruit sourd. Le capitaine avait
frappé sur une cuirasse! Alors, il lui porte
dans le côté un second coup qui ne blessa
que légèrement son adversaire. L'homme noir
poussa un rugissement horrible, et se jetant
sur Rinaldo il le renversa et se sauva à toutes
jambes.

— Ah! qu'allons-nous devenir, mon capitaine? s'écria Ludovico. Si ce coquin envoie sur
nous toute sa bande, nous sommes perdus.

Un instant après des muletiers passèrent.
Rinaldo les pria de placer Ludovico sur un de

leurs mulets, en leur proposant toutefois une récompense. Les muletiers acceptèrent et l'on se mit en marche.

LIVRE HUITIÈME.

VIII.

Le soir même, nos voyageurs arrivèrent à
Saldona. Rinaldo paya généreusement les
muletiers, et se fit conduire chez un juif
pour acheter de quoi habiller Ludovico ; il
entra ensuite chez un apothicaire qui pansa
ses blessures, puis il loua une chaise et
des porteurs, et ils se remirent en route.

Avant d'arriver à Mérona, comme Ludo-vico se sentait mieux, ils renvoyèrent ces hommes et prirent un chemin de traverse dans la direction des montagnes.

Ils ne tardèrent pas à rencontrer deux hommes conduisant des mulets, qu'ils re-connurent pour être de la bande de Luigino, et ces hommes leur dirent qu'ayant été sépa-rés de la troupe à la suite d'un combat, et n'ayant pu la rejoindre, ils travaillaient pour leur propre compte en attendant mieux; ajoutèrent encore qu'ils étaient au nombre de six, et qu'ils avaient choisi pour retraite des rochers inaccessibles. Rinaldo leur proposa de se mettre à leur tête, ce qu'ils acceptèrent avec reconnaissance, et l'on se mit en marche pour rejoindre les autres camarades.

Voilà donc de nouveau Rinaldo chef de bri-gands. Mais il avait un projet pour l'exécution

duquel il lui fallait une troupe plus considérable. Il chercha donc à en augmenter le nombre,
ce qui n'était pas difficile dans un pays où pullu-
laient les.bandits de toute espèce. En effet,
au bout de quelques jours, dix-huit coquins
déterminés marchèrent sous ses ordres, et il
se jugea assez fort pour exécuter son plan.

Pendant une belle nuit la troupe s'ébranla
et se dirigea vers le chapelle en ruines, dans
laquelle Ludovico avait été si bien fustigé. La
porte était fermée, on l'enfonça; puis on al-
luma des flambeaux pour visiter cette caverne.
C'était une sorte de labyrinthe de cours et de
souterrains qui se croisaient en tous sens.
Mais la solitude la plus complète y régnait.
On n'y trouva personne. Rinaldo en prit
possession et s'y établit. Le lendemain, toujours pendant la nuit, il partit pour se rendre au château de la comtesse qu'il voulait

fouiller de fond en comble. Comme il en approchait, un de ses hommes, nommé Jordano, dit qu'il avait entendu du bruit; que ce bruit se dirigeait vers eux, et que, probablement, c'était de la cavalerie. Rinaldo fit cacher tout son monde dans les broussailles, de chaque côté du chemin, avec ordre de ne pas bouger et de ne pas tirer avant qu'il en ait donné le signal.

Le bruit ne tarda pas à se faire entendre plus distinctement, et bientôt ils aperçurent des lumières que portaient des cavaliers; mais quelle fut leur surprise lorsqu'ils virent qu'ils étaient tous vêtus de noir et masqués comme les habitants de la chapelle.

Ils étaient douze et escortaient un carrosse attelé de quatre mules.

Convaincu que ce carosse renfermait un prisonnier, Rinaldo n'hésita pas. Il se plaça

au milieu du chemin avec Ludovico, Jordano et deux autres, et quand le cortége ne
fut plus qu'à quelques pas :

— Arrêtez ! s'écria-t-il d'une voix tonnante.

L'apparition subite de ces quatre hommes,
au milieu de la nuit et dans ce lieu désert, fit
faire halte à la troupe et la rendit indécise.

— Quel est donc le téméraire qui ose nous
barrer le passage ? s'écria celui qui marchait
en avant et qui sans doute dirigeait l'expédition. Sais-tu qui nous sommes?

— C'est parce que je sais qui vous êtes,
que je vous arrête. Et mon nom seul vous
prouvera qu'on ne m'effraye pas facilement.
Je suis Rinaldo Rinaldini.

— Et que veux-tu de nous?

— Satisfaction des mauvais traitements
que vous avez fait subir à Ludovico. Je veux

en outre savoir ce qu'il y a dans cette voiture que vous conduisez.

— Pauvre fou! répondit l'homme noir. Ne
vois-tu pas que nous sommes en force. Le sort
de Ludovico aurait dû te rendre plus prudent. Allons! arrière? Livre-nous passage ,
où je te fais saisir, et le fouet me rendra raison de ton insolence.

— Tu vas commencer par payer la tienne,
s'écria Rinaldo.

Et il le renversa mort d'un coup de pistolet.

C'était le signal. Une effroyable décharge se
fit entendre. Sept de ces hommes noirs furent
tués raides. Les cinq autres prirent la fuite.

Resté maître de la place , Rinaldo s'empressa d'ouvrir la voiture dans laquelle, au
lieu d'un prisonnier, il ne vit qu'un cercueil.
Il la referma, on s'empara des chevaux dont

les cavaliers avaient été tués, et l'on partit en toute hâte, dans la crainte que le bruit du combat n'attirât quelques corps de milices.

Quand le capitaine jugea que sa troupe était en lieu de sûreté, il ouvrit de nouveau la voiture, en fit extraire le cercueil et l'ouvrit. Mais au lieu d'un cadavre, ce cercueil, dont le poids avait surpris ceux qui avaient aidé à le descendre, contenait une grande quantité de matières d'or et d'argent, services de table, candélabres, vases sacrés et des rouleaux de ducats.

Ce fut une joie générale parmi les brigands.

— Je ne m'étonne plus, dit Rinaldo, si ces messieurs me regardent comme leur plus implacable ennemi. Nous nous faisons concurrence.

Il fit la distribution de la prise à tout son

monde, ne se réservant pour lui qu'une certaine quantité de ducats; après quoi, dans la crainte d'être poursuivi, il conseilla à ses hommes de se diviser en petites troupes. Il ne voulait que se débarrasser d'eux. Son conseil fut suivi, la troupe se dispersa; quant à lui, il monta à cheval avec Ludovico et Jordano, et ils prirent le chemin de Nisetto.

Comme ils sortaient des montagnes, un homme se présenta devant eux, et remit au capitaine un billet ainsi conçu :

« Rinaldo Rinaldini,

« Ton courage et ton audace nous forcent
« à l'admiration. Nous étions ennemis, il
« ne tient qu'à toi que nous soyons amis
« désormais. Viens te joindre à nous. Nous
« conspirons pour renverser le gouvernement

« tyrannique qui pèse sur ce pays. Sois des
« nôtres ! Sois notre chef même ! Viens ! nous
« t'attendons !

« Les juges de la vérité. »

Le capitaine, sans plus réfléchir, déchire
un feuillet de ses tablettes et écrivit :

« Rinaldo Rinaldini n'a aucun désir de
« vous connaître davantage. Il méprise vos
« offres et ne les accepte pas. »

Puis il remit cette réponse au messager qui
partit sur l'heure.

Vers la fin du jour, Rinaldo et ses compagnons arrivèrent à un couvent de moines
Servites, où l'on recevait les voyageurs. Ils y
demandèrent un gîte qui leur fut accordé sur-

le-champ. Là, Rinaldo eut une idée singulière, ce fut d'envoyer au gouverneur de Nisetto la lettre des hommes noirs, en y joi-
gnant un billet qu'il signa de son nom, et
dans lequel il annonçait qu'il allait quitter la
Sicile et renoncer au métier; puis dans la
crainte que, malgré cet avis, le gouverneur
n'eut l fantaisie de s'emparer de sa personne, il partit après un repas copieux.

Lorsqu la nuit vint, comme ils ne connais-
saient pas bien cette partie des montagnes, ils
s'égarèrent. Ludovico et Jordano allèrent à la
découverte, pendant que Rinaldo montait sur
une éminence d'où il espérait pouvoir découvrir une grande étendue de pays. Il était
près d'arriver au sommet, lorsque des hommes, embusqués derrière un buisson, se je-
tèrent sur lui. Il voulut se défendre, il voulut
crier; mais il avait été surpris, et sés adver-

saires étaient trop nombreux. Il fut garrotté, baillonné et emporté comme une masse inerte.

A quelque distance, ces inconnus s'arrêtèrent. Ils donnèrent un signal, une trappe couverte de gazon s'ouvrit à leurs pieds et ils descendirent un escalier noir comme la gueule d'un four. Ils marchèrent ensuite dans une espèce de souterrain, et montèrent un second escalier qui les conduisit dans une vaste cour. Là, après avoir désarmé leur prisonnier, ils lui rendirent la liberté de ses mouvements et l'usage de la parole; puis ils le laissèrent avec un seul homme qui lui dit :

— Monsieur le baron veut-il me suivre à son appartement ?

— Il s'agit bien d'appartement, s'écria Rinaldo furieux. Veuillez me dire d'abord ce que signifie cet enlèvement, et pourquoi l'on m'a conduit ici.

— Monsieur le baron m'en demande bien long. On m'a prévenu de son arrivée, on m'a dit de lui préparer son appartement. Voilà tout ce que je sais.

— A qui cette demeure appartient-elle?

— Je l'ignore!

— Qui vous a donné les ordres dont vous me parlez?

— C'est quelqu'un que je ne connais pas.

Voyant bien qu'il ne pourrait rien savoir de cet homme, Rinaldo se fit conduire à l'appartement qu'il disait lui avoir préparé.

Trois jours se passèrent sans qu'il vît personne. Il chercha à s'échapper de ce château; mais ce fut en vain; il était dans une véritable forteresse.

Le quatrième jour, la colère qu'il éprouvait d'être prisonnier, loin de s'appaiser, n'avait fait que s'accroître. Il revint à sa fenêtre,

imaginant mille moyens d'évasion, tous im-
possibles, lorsque la porte de sa chambre
s'ouvrit tout à-coup, et il vit entrer Olympia.

— Toi, s'écria-t-il, furieux. Encore toi!
Ah ça! le vieux fou de Frontéja ne veut donc
pas me laisser tranquille. Apprends donc une
bonne fois pour toutes, que je ne suis pas
plus fait pour être le jouet de ce charlatan que
pour être ta dupe. Que le vieux de Frontéja
aille en Corse, si ça lui fait plaisir! Quant à toi,
retourne, si ça te plaît, auprès de ce jeune
tourtereau, entre les bras duquel je t'ai
trouvée endormie, la dernière fois que nous
nous sommes rencontrés. Pour moi, je
veux sortir d'ici! Je veux qu'on me rende la
liberté! Fais-moi sur-le-champ ouvrir les
portes de ce château, ou je te jure que j'y
mettrai le feu.

Olympia fut longtemps sans lui répondre. Sa physionomie était douloureusement triste.

— Est-ce donc là, lui dit-elle enfin, tout ce que tu as à me demander. Oh! ce n'est pas de moi qu'il est question. Mais une autre n'a-t-elle donc laissé dans ton cœur aucun souvenir?

— Rosalie! s'écria-t-il. Parle-moi d'elle!... Mais que vois-je! tu baisses les yeux... Ai-je donc un malheur à redouter?...

Et comme elle se taisait.

— Morte peut-être? ajouta-t-il.

— Du courage! Rinaldo! du courage!

— Morte! pauvre Rosalie!

Et il se mit à pleurer comme un enfant. Quand ce premier accès de sa douleur fut passé :

—Je veux sortir de ce château à l'instant
même, dit-il d'un ton colère. Ici, j'étouffe!
Ici, je mourrai! Donne donc des ordres en
conséquence.

— Tu vas être satisfait, répondit Olympia.
On ne prétend point te retenir ici par force.
Mais auparavant, un dernier mot: le vieux de
Frontéja doit arriver demain matin. Si tu es
resté seul ici pendant trois jours, c'est que c'est
moi qu'il avait choisie pour te préparer à cette
entrevue. Mais alors j'étais chez le gouverneur
de Nosetto, qui aujourd'hui est mon seigneur et
maître. Le vieux de Frontéja veut encore tenter sur toi un dernier effort. Il espère te décider à servir ses projets.

—Jamais! s'écria Rinaldo. Si je ne respec-
tais son âge, et sans les services qu'il m'a
rendus, il y a longtemps que je lui aurais
fait payer cher tous les ennuis qu'il m'a causés.

Il paraissait si résolu, qu'Olympia n'osa pas insister davantage.

—Dans un instant tu seras libre, Rinaldo, lui dit-elle.

Et elle le laissa seul.

En effet, moins d'une heure après, Rinaldo quitta le château et il prit en toute hâte la route de Syracuse où il avait le projet de s'embarquer pour fuir au bout du monde.

En arrivant, il s'informa des navires ne partance; aucun ne devait mettre à la voile avant huit jours.

— Huit jours! se dit-il, mais pendant ces huit jours, si j'allais être reconnu!

Incertain du parti qu'il devait prendre, il sortit de la ville, et, comme il passait au bord de la mer, il aperçut dans une petite anse des pêcheurs qui chargeaient des provisions sur une grande barque.

— Où avez-vous donc le projet de conduire tout cela? leur demanda-t-il en s'approchant.

— A Pantaléria, répondirent les matelots.

— Pantaléria! qu'est-ce que cela?

C'est une petite île située à six mille d'ici. On n'y voit que quelques misérables cabanes de pêcheurs, auxquels nous vendons les provisions que vous voyez-là.

— Y va-t-il souvent du monde de Syracuse?

— Que diable voulez-vous qu'on aille faire sur ce rocher!

— C'est précisément ce qu'il me faut! se dit le capitaine, je passerai là les huit jours pendant lesquels je dois attendre le départ des navires.

Il demanda aux pêcheurs s'ils voulaient le prendre avec eux, en leur donnant pour motif la curiosité qu'il avait de visiter cette île qu'il ne connaissait pas. Ils y consentirent et quelques instants après il avait quitté le sol de la Sicile.

LIVRE NEUVIÈME.

IX.

En débarquant dans l'île de Pantaléria, le premier soin de Rinaldo fut de chercher un gîte pour les huit jours qu'il devait y passer, car les pêcheurs lui avaient promis de venir le chercher huit jours après. Il s'informa, et trouva une bonne femme, veuve, et mère de

six enfants qui, moyennant un prix raison-
nable, fut heureuse de le loger chez elle.

Comme il craignait avant tout d'être reconnu, il s'empressa de se couper les cheveux et de s'habiller à la mode du pays;
il se déguisa si bien qu'il était presque méconnaissable.

La femme qui lui avait donné l'hospitalité,
se nommait Marthe. Dans les premiers jours
de son installation, il remarqua que chaque
soir elle sortait sa cruche pleine de lait à la
main, qu'elle restait longtemps absente, et
qu'à son retour la cruche était vide. Il lui
demanda où elle portait ainsi son lait.

— Je le porte, répondit-elle, à une petite
maison de campagne, située à un demi-mille
d'ici. Cette maison est habitée à présent par
des dames qui sont arrivées, il y a quelques
semaines, de la Sicile, et qui vivent fort re-

tirées. Je ne les ai jamais vues qu'une fois.
Elles n'ont qu'une vieille servante qui est du
pays et qui ne les connait pas plus que moi.
C'est elle qui reçoit mon lait et qui me le
paie.

— Et sortent-elles quelquefois?

— Jamais !

Ce récit intrigua vivement Rinaldo. Il y
pensa toute la nuit, et le lendemain il voulut
à tout prix savoir à quoi s'en tenir au sujet
de ces mystérieuses inconnues. Sa curiosité
fut si forte qu'il oublia l'intérêt de sa sûreté.
Il pria Marthe de lui laisser porter le lait à
sa place; il se fit bien indiquer le chemin et
partit.

En arrivant, il trouva la vieille servante
qui attendait son lait. Pour excuser sa présence il lui dit que Marthe était malade et
qu'elle l'avait envoyé à sa place. Sous pré-

texte de se reposer un instant, il s'assit devant la porte et se mit à causer avec la vieille; mais il ne savait trop comment entamer la conversation au sujet des inconnues, lorsqu'un violent coup de sonnette retentit. La servante entra dans la maison, monta à l'étage supérieur et redescendit presque aussitôt.

— Bonté divine! s'écria-t-elle en rentrant dans la cuisine pour y prendre de l'eau. Une de ces dames vient de se trouver mal.

Sans plus réfléchir, Rinaldo s'élança dans l'escalier et arriva dans une chambre dont la porte était toute grande ouverte, et dans laquelle il vit deux femmes, dont l'une à genoux, prodiguait des soins à l'autre qui était étendue à terre.

Au bruit qu'il fit, celle qui était à genoux, tourna la tête, et reconnaissant le capitaine, malgré son déguisement, elle poussa un cri de surprise et d'effroi. On eût dit aussi que la présence seule de Rinaldo avait suffi pour rendre la vie à la malade, car elle fit un mouvement; notre héros reconnut en même temps Violetta et la comtesse de Martagno, sa chère Dianora!! Oui, sa chère Dianora! car elle était avec Rosalie, la seule femme qu'il eût véritablement aimée. Rosalie était morte; la comtesse avait donc alors son amour sans partage. Il se jeta à genoux devant elle, il la couvrit de baisers et de larmes, il l'appela par les noms les plus tendres et parvint à la ranimer.

Quand Dianora rouvrit les yeux, elle ne le vit pas d'abord. Il lui fallut un instant pour recouvrer la conscience des faits. Mais quand sa raison eut repris son cours et qu'elle l'aperçut enfin, étonnée d'abord de trouver un homme près d'elle, elle considéra en silence; puis, le

reconnaissant tout-à-coup, elle se leva vio-
lemment, se jeta dans les bras de Violetta, en
poussant un cri d'angoisses, comme si c'eût
été une horrible vision et retomba inanimée.
Violetta le supplia de s'éloigner en l'autori-
sant à revenir le lendemain, et en lui promet-
tant de tout faire pour décider Dianora à le
recevoir. Il partit donc, mais il partit déses-
péré en songeant à l'horreur qu'il inspirait à cette femme qu'il aimait tant.

Le lendemain, lorsqu'il se présenta, Violetta qui avait tenu sa promesse et qui avait
réussi, le conduisit auprès de Dianora, et les
laissa seuls.

En la voyant, Rinaldo, qui, la veille, n'avait
pas pu faire ces remarques, fut frappé du
changement qui s'était opéré en elle. Le chagrin et la maladie l'avaient usée. Elle était
perdue, à moins qu'un éclair ne vînt chasser

l'épaisse atmosphère dans laquelle elle se mourait.

— Dianora! lui dit-il, avec des larmes dans la voix. Je sais combien pour moi vous avez été malheureuse; je sais tout le mépris, je dirai même toute l'horreur que je vous inspire. Aussi, soyez bénie pour m'avoir permis de vous revoir. Car je vous aime, voyez-vous, je vous aime comme on n'aima jamais.

La comtesse jeta sur lui un long regard qui semblait dire : Oh! si je pouvais vous aimer encore!

—Vous savez ce que je suis, Dianora! continua Rinaldo. Mais vous ne savez pas ce que j'ai été et ce que je veux être désormais. Ecoutez-moi donc! Et vous verrez que je puis encore être digne de vous. J'étais le plus jeune de six enfants qu'avait eus ma mère. Dès l'âge de huit ans, on m'envoya dans les mon-

tagnes pour garder les troupeaux, mais à mesure que je grandissais, je me sentais dans
l'ame des élans inconnus, une sorte d'ambition instinctive qui me disait que je n'étais
pas fait pour vivre ainsi. Il y avait dans les
montagnes, au milieu desquelles je vivais,
un ermite nommé Onario, que j'avais pris
pour confident de mes pensées. Cet homme
était fort instruit, et me voyant de si
bonnes dispositions, il m'instruisit à
mon tour. Il m'apprit d'abord à lire
et à écrire; il me donna des leçons d'histoire, et me prêta des livres que je lus
avec ardeur et qui exaltèrent encore mon
imagination. Malheureusement pour moi, le
bon ermite disparut tout-à-coup, en laissant
toutefois à l'ermitage, un papier par lequel il
me faisait donation de tout ce qu'il avait.
Son héritage n'était pas considérable; néan-

moins je vendis tout, jusqu'aux livres, j'abandonnai mes troupeaux et nos montagnes, et je me fis soldat. Je voulais devenir un héros. Hélas, je vis bientôt que ne l'est pas qui veut. Trompé dans mon attente, je désertai et je m'enrôlai au service de Venise. Mais là, je ne fus pas plus heureux ; je désertai de nouveau, et je m'engageai dans les troupes du roi de Sardaigne. Cette fois, le sort sembla vouloir me favoriser. On était en guerre, je me fis remarquer et je fus nommé porte-drapeau. Mais j'avais pour colonel un homme dur et méchant. Un jour qu'il me maltraita pour une faute légère, je perdis patience, je mis l'épée à la main, je le forçai de tirer la sienne et, après un combat de quelques instants, je le tuai. Ce fut là le signal de ma ruine. Obligé de fuir, j'errai longtemps à travers l'Italie. Un jour je fus attaqué par des brigands et je tombai entre leurs mains, après m'être défendu comme je sais me défendre. J'avais été blessé dans la lutte ; ils prirent soin de moi et me guérirent. Mais il paraît que le combat que je leur avais livré, leur avait donné une haute idée de moi ; car, lorsque je fus rétabli, ils me proposèrent d'être leur chef. J'étais proscrit! Je n'avais plus de patrie, et par conséquent plus de famille; je me laissai tenter et j'acceptai. Vous savez le reste. Ainsi, Dianora, voilà comment je suis arrivé où j'en suis. Voyez quelle infernale fatalité m'a poussé dans l'abîme où je me suis perdu.

Elle l'avait écouté sans l'interrompre, et, quand il eut fini de parler, elle garda encore le silence. Le passé n'était rien pour elle. C'était l'avenir qu'elle voulait juger.

Si j'ai surtout maudit ma destinée, reprit-il, c'est depuis que je vous connais. Aussi pour vous j'ai abandonné mon infâme métier; en souvenir de vous, car je n'espérais pas vous revoir, j'étais bien décidé à quitter pour jamais ce pays maudit, et à fuir au bout du monde, où j'aurais terminé dans l'oubli ma misérable existence. Maintenant que je vous ai retrouvée, ordonnez! Disposez de mon sort! Je suis prêt à vous obéir.

Dianora croyait rêver. Etait-ce donc là cet homme terrible, dont le nom seul jetait partout l'épouvante? Etait-ce donc là cet infâme, dont l'ame devait être le miroir de tous les crimes, de tous les vices? Depuis leur séparation, la comtesse s'était toujours représenté Rinaldo tel que la renommée le lui avait fait connaître. Sa maladie avait encore exagéré le portrait. Elle se mourait de honte!

Elle souffrait d'autant plus qu'elle l'aimait toujours! Comme on vient de le dire, il ne fallait qu'un mot pour lui rendre la paix de l'ame, le bonheur! Et ce mot, elle venait de l'entendre! Mais elle ne pouvait pas encore y croire! Les paroles de Rinaldo étaient si loin de ses pensées à elle! Elle le voyait si infâme pour le monde! Et pourtant il se disait si malheureux! Il parlait de son amour avec tant de conviction! Toutes ces pensées établirent une sorte de lutte entre sa pensée et sa raison. Mais quand on ne demande qu'à être persuadé, le doute touche bien vite. Et puis n'était-elle pas la cause de cette métamorphose si inattendue! Dès lors, pour elle quel triomphe! Elle n'hésita plus.

— Je vous crois, s'écria-t-elle enfin. Oh! j'ai besoin de vous croire! Le naufragé qui aperçoit une voile à l'horizon se dirigeant vers lui, n'est pas plus heureux que je suis en cet instant. Oh! merci, Rinaldo, merci. Vous m'avez fait renaître.

— C'est à moi de vous dire : merci, Dianora, répondit-il avec transport, car je vois que je puis encore être heureux !

Ils résolurent de quitter le plus tôt possible, non-seulement l'île de Pantaléria, mais l'Italie, mais l'Europe. Rinaldo dut se procurer, pour le lendemain, une barque qui les transporterait à Syracuse, où ils s'embarqueraient pour l'Espagne, pour de là passer en Amérique.

Le lendemain, comme il passait sur la plage, il se trouva tout-à-coup face-à-face avec le vieux de Frontéja. Comme il ne pouvait éviter sa rencontre, il éprouva à sa vue un de ces violents accès de colère, dont il est presque impossible de se rendre maître. Il

marcha droit à lui, et lui dit d'une voix frémissante :

— Est-ce le hasard qui te jette encore sur
mes pas, ou me cherchais-tu?

— Je te cherchais, répondit le vieillard
d'un ton calme.

— Tu me cherchais! s'écria Rinaldo, hors
de lui. Mais qu'ai-je donc fait pour que tu
me persécutes ainsi? Je ne me suis donc pas
expliqué assez clairement; je ne t'ai donc pas
dit en termes positifs que je ne voulais rien
avoir de commun avec toi et les tiens! Sache-
le enfin! Et ne me pousse pas à bout par une
sotte insistance. Je vais partir, quitter non-
seulement cette île, mais l'Italie; ainsi donc,
adieu.

— Tu ne partiras pas, répondit le vieillard avec un tel sang-froid, que Rinaldo, qui

déjà avait tourné les talons, demeura immobile devant lui, bouillant d'indignation.

— Je ne partirai pas! répéta-t-il avec une expression de défi.

—Non! tu ne partiras pas! Tu ne partiras pas avant de m'avoir disculpé aux yeux de mes amis et des tiens, de tous ceux qui marchent sous notre bannière, et qui, ne te voyant plus, m'accusent de t'avoir fait disparaître.

— Que dis-tu là?

— Le vérité. Je t'ai sauvé la vie, et je viens te rappeler que tu as contracté envers moi une dette que tu dois acquitter. Lorsque pour la première fois on t'a parlé en mon nom de nos desseins sur la Corse, j'ai su que tu avais accepté avec enthousiasme le rôle que l'on t'offrait. J'ai donc annoncé cette heureuse nouvelle à mes amis qui ont poussé des.

cris de joie en apprenant que tu les dirigerais dans cette noble entreprise. Depuis lors tu nous fuis, et on ose dire que, jaloux de ton autorité future, je me suis débarrassé de toi. A cette calomnie infâme, toi seul peux donner par ta présence un démenti formel. Viens donc au milieu de nous, et que tous sachent bien que ton absence n'est pas le fait de ma volonté.

— Ce que tu me dis là est-il bien vrai? répondit Rinaldo en fixant sur lui un regard scrutateur.

— J'en doute! c'est encore un piége tendu à ma bonne foi. Aussi, je n'y tomberai pas. S'il te suffit que les conjurés sachent que je ne suis pas mort, je vais leur écrire. Cinthio, Luigino, Olympia connaissent mon écriture. Une simple lettre les rassurera aussi bien que ma présence.

Ce doute outrageant pour sa bonne foi, affecta douloureusement le vieillard.

— Tu m'insultes, Rinaldo ! répondit-il tristement. Tu m'insultes, quand moi, je donnerais tout au monde pour t'épargner un chagrin. Tu me méconnais au point de douter, non-seulement de ma probité, mais de mon affection pour toi, affection dont je t'ai pourtant donné de si grandes preuves. Eh bien ! écoute. Le moment n'est pas éloigné où je te le prouverai mieux encore, et pour commencer je te dirai : si tu refuses de me suivre, si tu refuses de te joindre à nous, bien plus, si tu refuses de partir à l'instant même, tu es perdu !

— Perdu !

— Oui, perdu! Notre complot est découvert! Plusieurs de nos amis sont arrêtés. Les noirs, nos ennemis mortels, ont épié toutes

tes démarches, ils t'ont dénoncé. Une fois encore, tu le vois, je te sauve la vie! Tu n'as plus qu'une seule chance de salut, c'est de me suivre, c'est de te retirer dans les montagnes. Si tu restes dans cette île, je te le répète, tu es perdu!

Le ton d'assurance avec lequel parlait le vieux de Frontéja, troubla Rinaldo.

— Quel intérêt prends-tu donc à mon sort? répondit-il, je ne suis donc pas seulement un instrument entre tes mains! Voyons, parle; car je devine que tes démarches auprès de moi n'ont pas seulement pour but le succès de tes projets politiques.

Le vieux de Frontéja baissa la tête en silence et une larme mouilla sa paupière.

— Tu te tais! poursuivit Rinaldo. Eh bien! écoute! J'ai retrouvé dans cette île une femme que j'aime mille fois plus que la vie, une femme dont l'amour m'a purifié, dont la tendresse m'est plus précieuse que tous les biens du monde! Et tu veux que je renonce à elle, tu veux qu'au moment d'une union si ardemment désirée, j'aille m'exposer encore aux chances que courent ceux qui luttent avec le monde! Non, non, quand j'ai le bonheur près de moi, je ne suis pas assez fou pour aller le chercher ailleurs. Si en effet tu es compromis à cause de moi, je veux bien, en raison des services que tu m'as rendus, te suivre au milieu de tes amis, et leur prouver ma présence que tu as été indignement calomnié, mais m'associer à vous! mais quitter cette femme pour vous suivre, jamais!

Le vieux de Frontéja garda longtemps le silence. Il semblait en proie à une lutte intérieure, comme s'il eût eu un secret qu'il

voulait taire et qu'il ne se sentait plus la force
de garder.

— Viens donc! dit-il enfin. Puisque c'est
tout ce que je puis obtenir de toi.

—Demain, tu peux m'attendre! Dis-moi
seulement où je dois aller!

— Demain il sera trop tard!

Rinaldo vit dans cette insistance un nouveau piége.

— Demain ou jamais! s'écria-t-il impa-
tienté.

Le vieux de Frontéja jeta sur lui un long
et douloureux regard.

— Adieu donc! dit-il. J'aurai du moins
tout fait pour te sauver. N'accuse que toi-
même des malheurs qui peuvent t'arriver.
Mais sache bien qu'à ta dernière heure, je
serai là, à tes côtés, prêt à me dévouer pour
toi!

En parlant ainsi, il s'éloigna. Rinaldo
s'empressa de regagner la demeure de Dianora, bien décidé à hâter son départ par tous
les moyens possibles. Malheureusement il
craignait bien d'être obligé d'attendre le retour des pêcheurs qui l'avaient amené.

En arrivant devant la maison, il ne fut pas
peu surpris de voir Olympia sur le seuil de
la porte. Il apprit d'elle qu'en effet le vieux
de Frontéja lui avait dit vrai, en lui annonçant que le complot sur la Corse était découvert. La demeure du vieillard avait été
envahie par les soldats, plusieurs de ses
élèves avaient été arrêtés, quant à lui on le
cherchait partout. Proscrite elle-même, Olympia s'était réfugiée dans l'île de Pantaléria, et,
ayant appris qu'un appartement était libre
dans cette maison, elle était venue le louer ;
c'est ce qui expliquait sa présence en ces

lieux, car elle ignorait que Rinaldo fût si près d'elle.

Olympia et Dianora sous le même toit! C'était pour notre héros une nouvelle raison de précipiter son départ. Il alla aussitôt rendre compte à Dianora de ce qui lui était arrivé, sans toutefois lui parler d'Olympia, et il fut décidé que le lendemain ils partiraient à tout prix.

Le lendemain, en effet, il fut assez heureux pour trouver un patron qui consentit à les transporter à Malte. Joyeux de pouvoir donner à son amie cette bonne nouvelle, il regagnait sa demeure en courant, lorsqu'il aperçut tout-à-coup au bord de la mer un grand nombre de soldats siciliens qui se dirigeaient de son côté. A cette vue il se rappela la prédiction du vieux de Frontéja, et instinctivement il se jeta dans un petit bois

qui couvrait un monticule à peu de distance. Il
le traversa, et comme il allait en sortir, il vit
que le chemin lui était barré par un détachement de milices. Près de là était une maison de
campagne, dont on apercevait les cheminées
à travers les grands arbres qui l'entouraient.
Il y courut. La porte du jardin était ouverte;
il entra et la refermant sur lui, il traversa le
jardin et entra dans un salon qui se trouvait
au rez-de-chaussée; mais là quelle fut sa surprise lorsqu'il se trouva face-à-face avec le
prince Della Rocella donnant le bras à Aurélia. Ils se reconnurent!

— Vous! s'écria le prince. Vous ici!

Rinaldo ne répondit pas d'abord. Ses regards se portaient alternativement d'Aurélia
au prince et du prince à Aurélia. Leur présence en ce moment, où il était menacé d'un
danger qu'il n'éviterait pas, où suivant la

prédiction du vieux de Frontéja , sa dernière heure allait sonner sans doute, leur présence lui causait à la fois et une grande joie et de la terreur.

— Ceux-là devaient être témoins de ma mort! se dit-il. N'importe! Je suis fier au moins de leur apprendre que le chef de brigands n'existe plus depuis longtemps.

— Me serais-je trompé! ajouta le prince étonné de son hésitation. N'êtes-vous pas.....

— Rinaldo Rinaldini! Si, prince! Mais ce n'est plus au chef de brigands que vous parlez à cette heure. Il y a longtemps que j'ai renoncé à cet infâme métier. J'allais partir, j'allais quitter la Sicile, l'Italie, j'allais fuir au bout du monde, lorsque..... Mais ce n'est pas le moment de parler de ce qui m'arrivera dans quelques minutes peut-être. Je dois mettre le temps à profit... Prince! et vous,

Aurélia! Je sais bien que je ne dois pas prétendre à votre estime; mais je mourrai content si j'ai la certitude de ne pas emporter votre mépris.

— Notre mépris! s'écria Aurélia. Non, Rinaldo! Nous vous avons toujours cru plus malheureux que coupable. Et si le repentir a enfin troublé votre cœur, soyez sûr que vous avez toutes nos sympathies.

— Merci! merci! répondit Rinaldino avec chaleur. A présent je puis mourir.

— Que parlez-vous de mourir? demanda le prince. Courez-vous donc quelques dangers?

Rinaldo allait répondre, lorsque le jardinier de la maison entra tout effaré dans le salon.

— Monseigneur! s'écria-t-il. Des soldats

entourent la maison. Toutes les issues sont gardées et l'on parle d'arrêter quelqu'un.

— C'est moi! répondit Rinaldo avec calme.

— Mais il faut fuir, vous cacher.

— Fuir! cet homme ne vient-il pas de vous dire que la fuite est impossible. Me cacher! Pour vous compromettre, si j'étais découvert! Non, c'est bien assez qu'une fois déjà mon nom ait été accolé au vôtre. Je ne veux pas qu'à cause de moi vous retombiez encore dans les embarras où je vous aurais bien involontairement jeté. Laissez ma destinée s'accomplir.

— On entendait déjà le bruit des fusils et le pas des soldats criant sur le sable des allées. Un instant après un officier parut à la porte du salon, accompagné d'un homme que Rinaldo reconnut aussitôt. C'était un des noirs! Des soldats attendaient en dehors les ordres de leur chef.

— Le voilà! dit le noir à l'officier, en lui désignant Rinaldo.

L'officier s'approcha de lui et lui demanda s'il avouait être, en effet, Rinaldo Rinaldini.

— Oui, je suis Rinaldo Rinaldini, répondit-il d'un ton ferme. Mais pas de violence. Je suis prêt à vous suivre.

Tout-à-coup une porte s'ouvre, et le vieux de Frontéjà parut.

— Rinaldo, s'écria-t-il, je t'ai promis de veiller sur toi jusqu'à ta dernière heure; je t'ai promis qu'à cet instant suprême, mon bras saurait se dévouer pour toi. Je viens tenir ma promesse, Rinaldo! Une mort infamante t'attend à Naples! Mieux vaut mourir ici.

Et tirant un poignard que jusque-là il avait tenu caché, il lui plongea dans la poitrine et

le renversa à ses pieds baigné dans son sang.
Le coup avait été porté avec tant de promp-
titude, et les assistants s'attendaient si peu
à ce dénouement tragique, que personne ne
put s'y opposer.

Le vieillard promena un regard assuré sur
ceux qui l'entouraient, et s'adressant à l'officier en lui désignant le noir :

— Au nom du roi, dit-il, arrêtez cet
homme qui vous a conduit ici; c'est un brigand aussi, et pour ne pas l'être à la façon
de Rinaldo, il n'en a pas moins mérité la
corde.

Le noir voulut fuir, mais les soldats se
précipitèrent sur lui et le garrottèrent.

— Quant à moi, ajouta le vieillard, je vais
à Naples avec vous. Là, je rendrai compte
de ma conduite.

Au moment où l'on croyait que cette scène,

si fertile en péripéties, allait enfin avoir un terme, une femme parut tout-à-coup dans le salon, fendit la foule et se précipita toute éplorée sur le corps inanimé de notre héros. C'était Dianora!

Il faut renoncer à peindre la douleur, le désespoir, les cris de cette pauvre femme qui, après avoir tant souffert, et vu luire un espoir dans sa vie, le perdait à cette heure sans retour.

Tout-à-coup elle tressaille! Et droite, immobile, à genoux à côté de ce cadavre, elle semble ne plus oser le toucher! Elle ne pleure plus! Que s'est-il donc passé? Bientôt sa main, longtemps incertaine, s'abaisse sur la poitrine de Rinaldo, s'appuie sur son cœur et, à voir cette pauvre femme, on dirait que ce qu'elle attend est une question de vie ou de mort pour elle. Enfin, son visage, jusque-là pâle et livide, se colore soudain! Un sourire de triomphe passe sur ses lèvres comme un éclair. Et elle s'écrie avec une sorte de délire :

— Soyez béni! mon Dieu! Il vit! il est sauvé!

Ces paroles imprudentes, arrachées à sa tendresse par la joie d'une résurrection inespérée, furent pour elle-même un arrêt fatal. L'officier s'approcha aussitôt de Rinaldo, et étendant sur lui son épée :

— Que personne ne touche à cet homme, dit-il, il appartient à la loi.

Dianora le regarde avec épouvante.

—Malheureuse! lui dit le vieux de Frontéja, Vous l'avez perdu.

Elle poussa un cri et tomba évanouie dans les bras du vieillard.

Les soldats lirent au moyen de leurs fusils.

une espèce de brancard, sur lequel on plaça Rinaldo, et on se mit en marche.

Mais ce que personne ne savait, ce que le vieux de Frontéja ne savait pas lui-même, c'est que Cinthio, qui n'avait pas un seul instant douté de sa bonne foi, mais qui connaissait aussi les projets de retraite de son ancien capitaine, Cinthio avait pris avec lui une centaine d'hommes et, suivant les traces du vieillard, avait débarqué en secret à Pantaléria. Il vit les soldats débarquer à leur tour, et il ne douta pas un seul instant qu'on n'en voulût à Rinaldo. Avant de se diriger vers l'intérieur de l'île, les soldats laissèrent un poste au bord de la mer pour garder l'embarcation qui les avait amenés. Cinthio cerna le poste, fit prisonniers tous ceux qui se trouvaient là, et prit ses mesures pour qu'aucun d'eux ne pût échapper et n'allât prévenir les autres du piége qu'on leur tendait. Il envoya ensuite des éclaireurs avec ordre de venir en toute hâte lui annoncer leur retour, et il attendit.

En effet, le cortége de Rinaldo ne tarda pas à paraître. Cinthio se disait que le seul moyen de sauver son capitaine, était d'attaquer brusquement les soldats, afin de leur inspirer une terreur panique qui leur fît prendre la fuite sans qu'ils eussent le temps de se débarrasser de Rinaldo, par un assassinat. Il prit donc ses mesures en conséquence, et il réussit si bien, que la troupe s'était dispersée en un clin d'œil; il demeura maître du terrain, presque sans coup férir. Le noir, à qui ses liens n'avaient pas permis de prendre la fuite, fut fusillé sans miséricorde; et l'officier, qui seul tenta de se défendre, fut fait prisonnier, mais on lui promit de lui rendre la liberté le soir même.

L'embarcation des soldats fut donc mise à la disposition du vieux de Frontéja, qui ne voulut pas quitter Rinaldo. Il y monta avec lui; et des pêcheurs du pays se chargèrent de les conduire à Malte, en peu de temps. Quant à Cinthio, il regagna sa barque avec ses hommes, et quitta l'ile à son tour, heureux et fier du succès de son expédition.

A son arrivée à Malte, le vieux de Frontéja plaça Rinaldo dans une maison de campagne, appartenant à un de ses amis, qui consentit à le faire passer pour un de ses parents. Notre héros prit dès lors le nom de Ferrandino. Sa blessure, quoique grave, n'était pas mortelle. A force de soins, il recouvra pleinement la santé. Mais alors il se trouva tellement seul, tellement isolé, que le dégoût mortel qui s'était emparé de lui avant sa rencontre avec

Dianora, ne fit qu'augmenter encore. Qu'était-elle devenue? La reverrait-il jamais? Le vieux de Frontéja, qui seul peut-être aurait pu lui apprendre son sort, l'avait quitté, dès qu'il l'avait vu rétabli, pour retourner au milieu de ses complices, et rêver de nouveau sur ses nobles projets, la liberté de la Corse. Rinaldo, miné par cette affreuse maladie morale qu'on nomme l'ennui, dégoûté de la vie, qui lui était à charge depuis que l'amour de Dianora ne le soutenait plus, Rinaldo résolut d'aller mourir dans une solitude, et dans ce but, il se retira non loin de Malte, dans la petite île de Lampédosa.

FIN DU PREMIER VOLUME

Bibliothèque Diamant.

—

CANDIDE

ou

L'OPTIMISME

PAR VOLTAIRE

1 joli volume in-32 papier superfin.

Prix : 1 fr.

LIVRE DE COMPTABILITÉ

DES

CABINETS DE LECTURE

Donnant, dans une instruction dont il est précédé, et sur chaque page in-4°, en tête d'un certain nombre de colonnes mathématiquement espacées, toutes les indications nécessaires à l'organisation bien entendue comme à la gestion intelligente de ces établissements.

Le Prix de ce Livre-Registre, solidement relié, augmenté d'un Répertoire alphabétique, et contenant plus de 6,000 lignes sur 25 feuilles in-4° raisin, réglées et foliotées avec soin.

Est de 6 Francs net.

Melun. — Imprimerie de DESRUES.

www.ingramcontent.com/pod-product-compliance
Lightning Source LLC
Chambersburg PA
CBHW072351030726
47505CB00014B/1456